VIGOROSO

RANCHO WOLF
LIBRO 8

VANESSA VALE

RENEE ROSE

REGLA Nº 8 DE LA MANADA: NUNCA LE MIENTAS A TU COMPAÑERA.

Esa regla la rompí el día en que llamé a su puerta. Había jurado proteger a los míos de cualquier tipo de amenaza. Como era humana, creyó que estaba allí de forma amistosa. No sabía que quería acabar con su jefe el cambiaformas. No sabía que ella me iba a poner el mundo de cabeza. Con tan solo una olfateada me volví loco. Me perdieron. No podía irme sin ella, así que me quedé esa noche y la enamoré. Pero ella no sabía lo que yo era ni lo que había hecho. No era un simple obrero de rancho, era un ejecutor cambiaformas. El tiempo se acababa y tenía que terminar el trabajo. Debía ganarme el corazón de mi compañera y reclamarla antes de que las mentiras me alcanzaran. Antes de que descubriera lo que era y lo que había hecho. O lo que haría para cuidarla. Y hacerla mía.

1

JOHNNY

—El primer asesinato es el más difícil —dijo Clint Tucker, asomándose al cadáver.

En el suelo estaba el cambiaformas al que habíamos cazado a petición del Consejo de los Cambiaformas. Después de la audiencia lo condenaron a muerte porque era lo más bajo que existía. Merecía morir.

Pero Clint se equivocaba: tan difícil no era.

—Mató a su compañera —dije, aunque Clint sabía el resultado—. Estaban discutiendo y... la asesinó. —Negué con la cabeza, y al pasarme la mano por la cara me di cuenta de que tenía sangre.

Genial.

—Y los cachorros —añadió Clint—. Se escondieron debajo del porche. Escucharon todo. —Escupió el cuerpo—. No sirvió. Salieron después de que él se marchara. Encontraron a su madre con un disparo en la cabeza y llamaron a su alfa.

—Hicieron lo correcto —dije.

Clint tampoco tenía ningún remordimiento por haber matado a este tío. Tenía una compañera y una preciosa hijita, Lily. Nada lo detendría para evitar que les hicieran daño.

Asintió con la cabeza.

—Así fue. Cuando llegue el momento de que Lily consiga pareja, abriré la puerta con mis pistolas y balas de plata.

No pude contener la sonrisa, ni siquiera en un momento así. Estábamos en algún lugar en las montañas Bighorn al oeste de Ranchester, Wyoming. Habíamos rastreado a este hasta aquí desde su manada en Dakota del Norte.

Era temprano, faltaba una hora para que amaneciera. El aire estaba frío, el viento azotaba los pinos. Nunca dejaba de soplar aquí, y esa fue la perdición de este infeliz. Lo olimos a kilómetros de distancia.

—Este no es mi primer asesinato —admití. Aunque el primero como ejecutor, cuando estaba sancionado. Pero ya me había llenado las manos de sangre.

Levantó la vista del cadáver para mirarme a los ojos.

La luna se estaba poniendo, pero pude ver la interrogante en sus ojos.

—Maté a alguien —admití.

Los ojos se le abrieron de par en par, pero no reaccionó. Era un tío tranquilo.

—Diablos, Johnny.

—Tenía dieciocho. Fuimos a los Juegos de la Manada con nuestra madre que había organizado su antigua manada. Había un cambiaformas allí que se interesó por mi hermana. —Eso último lo escupí porque todavía me cabreaba.

—¿Era su compañero?

Negué con la cabeza.

Si le resultaba extraño estar hablando sobre un cadáver, no lo demostraba. Era un ejecutor retirado, seguro que había visto de todo. Había dejado el trabajo cuando encontró a Becky, su compañera humana, pero se ofreció a venir a este trabajo conmigo, ya que éramos compañeros de manada y era mi primera vez.

Ahora sin Clint yo era el nuevo ejecutor de la manada. Rob Wolf conocía mi pasado y se había ofrecido a acogerme cuando me expulsaron de mi manada. Sabía lo que había en mí, que tenía instintos protectores, instintos malvados. Maldita sea, seguro que mucha oscuridad. Por eso me eligieron para el puesto de ejecutor, además de no estar casado y ser joven.

—¿Qué pasó?

—Pensé que a ella también le interesaba él. Quizá sí, quizá no. Lo único que sé es que lo encontré agrediéndola en el bosque —apreté los dientes. Peor que eso, pero no necesitaba decirlo en voz alta—. Lo frené, pero...

Recordé lo furioso que me puse y luego el suelo manchándose con el rojo de su sangre.

—Lo llevé demasiado lejos.

Me dio una palmada en el hombro.

—Proteger a los que son más débiles que tú es señal de un buen alfa. Y para ser un ejecutor tienes que estar dispuesto a ir muy lejos. Esa es la única forma de detener a un cambiaformas que se ha vuelto malo.

Tragué saliva por el nudo en la garganta.

—Sí. Se había vuelto muy malo.

—Serás un ejecutor muy bueno. Ya lo eres.

Bajé la mirada al recordar lo que me habían hecho después del asesinato. Me echaron de mi manada. Me separaron de mi familia.

—Ese asesinato no fue sancionado.

Se encogió de hombros.

—¿Y? Si le estaba haciendo daño a tu hermana, seguramente ya le había hecho daño a otros y le habría hecho daño a más personas después.

Clint había sido un ejecutor innato. Protegía a la manada e impartía la justicia que dictaba el Consejo. Había trabajado estrechamente con Levi, otro cambiaformas y miembro de la manada de lobos, quien era el alguacil de Cooper Valley. Los dos eran buenísimos protectores no solo de los cambiaformas de la comunidad, sino también de los humanos. Sus roles combinados eran sumamente importantes para mantener a salvo nuestro secreto y el de nuestra especie. También ayudaba que su pareja fuera humana, y Lily era ambas cosas. Era perfecto.

Ahora yo estaba en el puesto de Clint, y ya me había hecho amigo de Levi. De todas maneras seguía cuestionándome si se me iba a dar bien, si era demasiado bueno y corrompido para el papel.

—Tuve que ir ante el Consejo. —Eso había sido extremadamente aterrador.

—Entonces por eso sabían de ti.

Me reí, aunque el motivo no era tan gracioso.

—Sí. Mi castigo fue que me enviaron al Rancho Wolf. Me alejé de mi familia.

—El Rancho Wolf no es un castigo, chaval —recordó Clint—. Tú sabes eso.

No lo era. En ese momento pensé que lo era, pero ahora sabía que no. La manada de Montana era muy guay. Puede que haya dejado a mi familia así como a mi antigua manada, pero había encontrado una familia en ese rancho, donde pertenecía.

—Tu hermana está a salvo gracias a ti —añadió.

Me quedé mirando al otro cambiaformas al que le gustaba golpear a las hembras. Este tampoco volvería a hacer daño a nadie. Asentí con la cabeza.

—Ahora está apareada y tiene dos cachorros —dije, pensando en Simi. No pude evitar sonreír con orgullo.

Él sonrió.

—Bien. Parece que ella ha seguido con su vida. —Su sonrisa se desvaneció mientras me estudiaba—. ¿Y tú?

El viento me alborotó el pelo y el aire me refrescó la piel sudorosa. ¿Había dejado atrás lo que le pasó a Simi?

Negué con la cabeza.

—No. Definitivamente no.

En cuclillas, rebusco en los bolsillos del hombre para quitarle el carné de identidad. Lo dejaríamos aquí, a kilómetros de la civilización, lejos de cualquier carretera. Los animales vendrían a por él.

Miré a Clint.

—¿Eso qué significaría? ¿Que soy peligroso? ¿Despiadado? Es imposible que encuentre a una compañera con lo que llevo dentro.

Se quitó el sombrero, se pasó una mano por el pelo oscuro y volvió a colocarlo en su sitio.

—Tu alma no es negra, chaval. Tú no lo condenaste a muerte. El Consejo sí. Tú solo ejecutaste la decisión de ellos. Recuerda que hay una amenaza menos para aquellos que no se pueden proteger solos. Tú lo entiendes. Lo sabes.

Le arrojé la billetera.

—En cuanto a la compañera —prosiguió—, has visto a todos los demás en el rancho encontrar la suya. Uno tras otro. Hasta yo. Ocurrirá cuando menos te lo esperes.

Me puse de pie. No quería seguir hablando de esto. Habíamos hecho nuestro trabajo. Él tenía razón. Todos los del Rancho Wolf habían encontrado a sus parejas predestinadas. Pero ellos no eran asesinos.

Yo sí.

2

EMMA

Eran casi las diez de la noche y yo seguía en el trabajo. Puaj.

—Avíspate, Emma. No tenemos toda la noche. —Mi supervisor, Stan, palmoteó al pasar por delante de mi cubículo.

tonto.

Eché la cabeza hacia atrás y giré mi dolorido cuello.

Dios, este trabajo era una pesadilla. Pensaba que había conseguido el trabajo de mis sueños cuando me contrataron para hacer efectos digitales en Hollywood. Mi licenciatura en diseño había valido la pena, y yo creía que vivir en una ciudad grande en el océano iba a ser un sueño.

Creía que yo era la gemela afortunada, para variar.

No me había importado tener que trasnochar. No me había importado trabajar ochenta horas a la semana. Esperaba que fuera así. Entre mi hermana y yo, siempre he sido la más aplicada. Esta vez, cuando acepté el trabajo, creía que participaría en algo importante. Pero dos años y medio después seguía ganando el mismo sueldo y trabajando las mismas horas. Mi autoestima estaba por los suelos. Ni siquiera recordaba la última vez que había visto el Pacífico o lo que fuere más allá de las paredes de mi oficina.

Otro gallo cantaría si sintiese que se respeta mi trabajo o que reconocen el mérito de cualquier cosa que haga.

Pero eso nunca ocurriría aquí. Día tras día teniendo la misma vieja rutina sin parar, era más evidente.

Apreté los dientes y terminé de crear la escena de la explosión que me pidieron que rehiciera cinco veces no porque lo hubiera hecho mal, sino porque alguien nuevo se interponía con una visión diferente.

Así era el negocio del cine. Sabía que no debía meterme en líos.

O sí debería, pero eso ya no tenía remedio.

Me sonó el móvil y miré hacia abajo. Era Lyssa. Eran cerca de las once de la noche en Montana, pero a ella le encantaba la fiesta.

—Hola, ¿qué cuentas? —respondí.

—¿Qué cuentas tú? —Como éramos gemelas idénticas, nuestras voces eran iguales, como todo lo demás en nosotras, pero la suya estaba llena de emoción y entusiasmo—. Dime que no sigues en el trabajo.

Suspiré.

—No puedo porque te mentiría.

—¿En serio? Es domingo. ¿Desde hace cuánto que no tienes un día libre? ¿Seis semanas? Ni siquiera te pagan las horas extra.

—Gastas saliva —murmuré mientras seguía usando el ratón y el teclado para programar el efecto visual con el estilo nuevo que me habían pedido. Mi monitor era enorme y ocupaba toda mi mesa. Las luces estaban apagadas. No tenía ventanas al exterior. Mi espacio era una cueva digital.

—Tienes que dejarlo.

Llevaba un año diciéndome eso, y no se equivocaba. Al principio, me había resistido a su consejo porque tenía un trabajo en el campo que yo quería; trabajo con el que cubría mis gastos, aunque no tuviera tiempo para gastar nada de lo que ganaba. Jolines, poco tiempo pasaba en el piso por el que pagaba el alquiler.

¿Adónde me había llevado ser la niña buena?

Absolutamente a ninguna parte.

Su llamada en medio de mi diarrea de lástima lo empeoró. Me recordó cómo sería todo si no hubiera elegido ser la gemela responsable. Me había pasado toda mi vida siendo eso: la gemela aburrida. La gemela callada. La gemela desaliñada. La gemela tímida. La gemela juiciosa. Inserte cualquier adjetivo aburrido antes de gemela, y esa era yo.

Por su parte, Lyssa, quien vivía su vida inconstante, salvaje y alocada, siempre había tirado de lujo, facilidad y diversión. Pasaba de un trabajo a otro, pero nunca había ganado menos de seis cifras. Tampoco era que trabajaba ochenta horas a la semana.

—Emma, ¿estás hablando por teléfono? —dijo Stan desde el otro lado de la oficina—. No tienes tiempo para estar al teléfono.

—Dios mío, ¿te está gritando ahora mismo? Son como... ¡las diez! —Lyssa estaba cabreada por mi culpa—. ¡Basta, Emma, en serio! Déjalo. Levántate y márchate. No te pasará nada malo, te lo prometo.

Lyssa sabía que me preocupaba de más, que le daba demasiadas vueltas a todo, que si no era precavida y cuidadosa algo malo iba a pasar. Mi gemela era todo lo contrario. No se preocupaba por nada. Yo tenía una agenda y cada segundo de mi día estaba planificado, mientras que ella literalmente improvisaba. Yo cuestionaba todo. Sabía que algo terrible podía ocurrir si tomaba la decisión equivocada. Quizá por eso me dijo que no pasaría nada malo. Ella sabía que eso era exactamente lo que yo me imaginaba si hacía lo que ella decía y renunciaba.

Tentada como nunca antes, me mordí el labio. Debería dejarlo. En verdad que sí. Me sentía del culo. Mis únicas alegrías en la vida, aparte de hablar con

Lyssa, eran irme a la cama por la noche y darme una ducha caliente por la mañana, y eso era deprimente a más no poder.

Este trabajo me estaba matando.

—Sigo trabajando, Stan. Puedo trabajar y hablar —dije. No era tan descarada. Debía de ser la influencia de Lyssa.

O el hecho de que estaba a nada de un colapso mental. Cogí mi taza de café favorita y vi que estaba vacía. Diablos. Necesitaba más café.

—Lo de renunciar va en serio —dijo Lyssa con su tono de voz más serio—. Podrías venir a Montana y relajarte de toda esa mierda.

—Hmm.

Sonaba atractivo. Muy atractivo.

—Mi jefe nunca está aquí —continuó—. A ver, le conozco, me entrevistó, pero va y viene. La última vez que le vi fue hace dos semanas, y dijo que no volvería este mes. —Su último trabajo fue como cuidadora de un rancho de un multimillonario que poseía una enorme propiedad en Montana. Como era su segunda o séptima casa, el tío, como le llamaba, casi ni estaba ahí.

Vaya trabajo: llevar la limpieza de un lugar que nunca se ensuciaba, llenar las despensas de un lleno de vaqueros guapísimos —palabras de Lyssa—. Ella no sabía nada de caballos ni de... cómo tener un puto rancho, pero lo estaba haciendo, y sin un jefe respirándole en la nuca. O, por lo que parecía, incluso en el mismo estado.

—En realidad me voy para Ibiza con el Sultán de Arunai.

¿Qué? Mi cerebro se detuvo. ¿Sultán de Arunai? ¿SULTÁN?

Yo ni siquiera podía lograr que me invitara a salir el vigilante de seguridad del piso de abajo, ¿y ella se metió a un sultán en el bolsillo? ¿Y dónde demonios quedaba Arunai? ¿Se lo estaba inventando? ¿El tío le había mentido y no era sultán? ¿Cómo alguien se convierte en sultán? ¿Había querido decir Aruba?

Dios, estaba pensando en todos los posibles peligros, Lyssa era todo —Qué guay. Hagámoslo. No me importa si mientes, follas bien y quiero un viaje gratis».

—¿Qué? —pregunté—. ¿Ibiza?

—¡Exacto! —Se rió—. Una locura, ¿verdad?

Más que loco, desquiciado.

—¿Cuándo me lo ibas a contar? —le pregunté.

—¡Emma! —gritó Stan—. ¿Sigues hablando por teléfono?

—Por eso te he llamado —dijo Lyssa.

Sacudí la cabeza, a punto de volverme loca porque dos personas me hablaban al mismo tiempo.

—Para contarte esa locura —continuó—. Verás, él vino a Montana a ver un toro campeón que patrocinó, y nos topamos en el único restaurante del pueblo.

—¡Emma! —La voz de Stan sonó más fuerte esta vez.

—Nos enrollamos y... bueno, ¡ahora me va a llevar a Europa en su jet privado!

La risa de mi hermana no llegaba a expresar lo increíble y extraña que era su historia. Pero eso era porque se trataba de algo normal en su vida. Se enrolló con un chico que conoció en un restaurante. Luego, por capricho, se iba a Europa con él.

Yo iba a ir a la sala de descanso a buscar más café. Tal vez le añadiría crema de avellanas. Esa era mi diversión.

Mi hermana era literalmente el ser humano más afortunado, alocado y salvaje de la Tierra. No se esforzaba en nada. Todo se lo ponían en bandeja de plata.

¡¿Quién se encontraba por casualidad con el Sultán de Arunai en un restaurante de MONTANA y se liaba con él?!

Solamente Lyssa.

Todo lo que yo había hecho en mi vida era ir a lo seguro, y mira dónde estaba: en mi cueva con un jefe fastidioso molestando a casi medianoche.

—¡Emma! —Stan volvió a la puerta de mi oficina—. Cuelga el teléfono y termina el maldito efecto. Todos te estamos esperando.

Levanté la vista y me quedé mirando a mi jefe. Lo odiaba. Odiaba mi trabajo. Odiaba mi vida. Mira a dónde me había llevado apostar por lo seguro.

A absolutamente ninguna parte.

—¿Sabes qué, Stan? —Me levanté de mi silla con

ruedas que se había roto hacía un año y que no había podido cambiar—. Vete a tomar por culo.

Los ojos se le abrieron de par en par porque nunca le había hablado así. Ni a nadie más.

—Vale, bien. Muy bonito. —La cara rechoncha de Stan enrojeció.

Lyssa me hizo porras en el oído.

—Muy bien, nena. No te quedes callada. Ahora vete de ahí.

—Ya llevo aquí catorce horas, y eso después de trabajar hasta la una de la madrugada ayer por la noche. Lo único que quería era oír la voz de mi hermana mientras trabajaba en las imágenes de fondo antes de que se fuera del país, y tú estás aquí pegado a mi culo.

Uau. Yo nunca había dicho una mala palabra en voz alta.

Me sentía increíble.

Abrí el cajón de mi escritorio y saqué mi bolso.

—¿Y sabes qué? —Empecé a meter en el bolso las cosas que tenía regadas por el escritorio. Después de ocho años, no tenía mucho, lo cual era realmente triste.

—No. —Había alarma en la voz de Stan—. No puedes irte. No antes de acabar.

En circunstancias normales, me sentiría mal por él. Su problema sería mi problema, yo se lo resolvería y él se llevaría el mérito. Así era yo. Era una empleada consciente y responsable. La hermana aburrida. Pero a la mierda todo. Ningún sultán estaba follándome ni llevándome a Europa, pero tampoco tenía que estar puteada por mi jefe sin llegar a ningún lugar.

—Me harté.

Lyssa se animó más.

—Muy bien. Díselo.

Me coloqué el bolso al hombro, cogí la taza vacía, me llevé el móvil a la oreja con la otra mano y le pasé por el lado hacia la puerta de mi cueva.

—¡Emma! ¡Por lo menos termina este efecto! —gritó mientras me alejaba.

¿Que terminara el efecto? A él no le importaba que estuviera renunciando, solo que el efecto no se terminara y yo fuera la única que lo hacía. Que le dieran por el culo.

—Lo siento, ¿vale? —Su voz cambió a un estúpido quejido—. ¡No debería haberte molestado por tu llamada! ¡Regresa!

Levanté la mano con la taza y alargué el dedo medio por encima del hombro mientras me alejaba.

—Vale, renuncié —le dije a Lyssa mientras me saltaba el ascensor y subía por las escaleras. Sonaba un poco aturdida. Yo también me di cuenta—. Hablemos de Montana.

3

JOHNNY

CUANDO ROB WOLF me dijo que quería que fuera ejecutor, no esperaba mucho. Pensaba que tendría algunos trabajos. Los cambiaformas no eran tan comunes. Me necesitaba en el rancho familiar. Los caballos no se alimentaban solos. Las cercas tampoco se arreglaban solas. Una propiedad del tamaño del Rancho Wolf necesitaba cuidados a tiempo completo de mi parte y algunos otros. Clint, Wes, Joe, Colton, y hasta el mismísimo Rob.

Pero me encontraba en mi segundo trabajo de ejecutor en una semana.

Esta vez en solitario.

Parecía que Clint me había dado el visto bueno ante Rob, y mi alfa estaba complacido por ello.

Frené mi camioneta en la entrada circular y me quedé mirando la enorme casa del rancho. Este lugar hacía que el Rancho Wolf pareciera una cabaña en una propiedad del tamaño de una tienda de sellos postales.

La casa de Mitch Chapman en Montana era enorme: decenas de miles de acres prístinos y pintorescos; cercas de troncos partidos que bordeaban toda la propiedad a lo largo de kilómetros de carretera desde el pueblo; edificios anexos que combinaban cual mujer costosa cuyo atuendo, zapatos y lápiz labial iban coordinados.

Y la casa.

—Hostias —murmuré, bajando el volumen de la radio. La pegadiza canción country me distraía del análisis.

La propiedad era de troncos y roca de río, ventanas enormes, tenía alas a izquierda y derecha. Era así de enorme. El diseño era bastante discreto, lo cual daba un poco de risa. Gritaba portada de revista de arquitectura. También gritaba dinero.

Montones y toneladas de dinero. Todo esto tenía que ser mantenido por muchísima gente; seguramente cambiaformas, ya que Chapman era uno. Era el lugar perfecto para correr en luna llena, incluso mejor que el Rancho Wolf. Pero le resultaría más fácil a Chapman esconder sus crímenes de cambiaformas de un grupo de humanos despistados. Eso me podría venir bien.

Pero Chapman estaba forrado. Era multimillonario. Podía comprar a cualquiera.

Había sido investigado por el Consejo, y se encontraron pruebas suficientes para llevarlo a juicio. Pruebas de cosas enfermas. El informe que me dieron decía que era sospechoso de tráfico de mujeres cambiaformas que aplicaban por trabajo en sus diversas empresas de todo el mundo. Las sacaba de sus manadas con la promesa de trabajar como gerentes de oficina, contadoras o vicepresidentas, pero luego las encarcelaba y las vendía en el mercado negro como reproductoras. Una de ellas se había escapado y había contado lo que le había ocurrido, y ese había sido el comienzo de la exhaustiva investigación. Ahora sería juzgado, y si era declarado culpable, moriría por sus crímenes. Si es que Mitch Chapman podía ser encontrado.

Me enviaron al rancho Running Waters porque Chapman se había desaparecido. No se le había visto en dos semanas. Estaban enviados agentes de todo el país a sus muchas casas y empresas para encontrarlo. Yo era el ejecutor más cercano a este rancho en Montana, así que esta fue mi área de búsqueda.

Si lo encontrábamos, debíamos llevarlo ante el Consejo.

Las leyes humanas hacían las cosas de otra manera. Chapman sería arrestado, tal vez lo llevarían a un juicio humano, pero su dinero probablemente lo sacaría. Si no, sería fácil que un cambiaformas se escapara de la cárcel, cosa que no podíamos permitir.

Si era culpable —lo cual, a estas alturas del proceso, era lo más probable—, moriría.

Aparqué. Me bajé de la camioneta y me puse el sombrero de vaquero. Aunque no debía matarlo, no me fiaba de él; no obstante, dejé la pistola cargada bajo el asiento por el momento. Tenía que analizar la situación antes de entrar armado y cargado. Tenía que investigar quién estaba en la propiedad y si me causaría problemas; si habría humanos o cambiaformas por allí. Quería hacerme una idea de la distribución de la propiedad.

Tenía una tapadera fácil: como miembro de la manada vecina más cercana, mi alfa me había enviado a contactarlo para invitarlo a que nos visitara durante la luna llena de este mes. Era razonable, y si no fuera un tipejo asqueroso y peligroso, disfrutaríamos que nos acompañase.

Fuera de la casa, el terreno descendía hacia un valle poco profundo donde un arroyo serpenteaba de lado a lado hasta donde alcanzaba la vista. Álamos gruesos bordeaban el agua creando una franja verde. Más lejos, la yerba ondeaba en una pradera virgen.

Era preciosísimo.

Subí por la acera y toqué al timbre. Esperé. Justo antes de darme por vencido y rodear la casa, la enorme puerta se abrió de golpe.

Una mujer de pie en el umbral me sonreía.

—Hola.

Diablos, qué absoluta preciosidad. El pelo oscuro,

casi negro, le caía en cascada por la espalda. Sus ojos eran igual de oscuros, grandes y enmarcados por pestañas gruesas. Tenía pómulos altos, una nariz respingona y unos labios carnosos que se verían deliciosos envueltos en mi pene.

Era pequeña, medio metro más baja que yo, pero no frágil. Los jeans sencillos y camiseta blanca de cuello de pico me permitían ver la carne de sus huesos, curvas que podía agarrar y a las que podía aferrarme. Era perfecta...

Como no dije nada, simplemente mirar, ladeó la cabeza y añadió:

—¿Le puedo ayudar en algo?

Activé mi lengua, me quité el sombrero de vaquero y me lo pegué al pecho.

—Hola. He venido a ver a Mitch Chapman.

Por un momento, sus ojos se abrieron de par en par.

—Lo siento, él no se encuentra.

No dudaba de ella. Todas las expresiones posibles pasaban por su rostro. Sorpresa, preocupación, sin duda un atisbo de interés.

—Ah. ¿Sabes cuándo volverá?

Negó con la cabeza.

Chapman tenía unos cincuenta años. ¿Podría ser su hija? No se la había mencionado en su expediente. Tampoco pareja. ¿Sería la novia? Nada más pensarlo me hizo querer rastrear al estupido y matarlo solo por eso. Vaya, esa agresividad era nueva. ¿Por qué me atraía esta cambiaformas?

Apoyé el antebrazo en el marco de la puerta para acercarme un poco más a ella.

No retrocedió. Su mirada recorrió los músculos de mis brazos y volvió a mi cara con los ojos ligeramente más abiertos y dos manchas de color en las mejillas.

Respiré profundo y supe dos cosas al mismo tiempo: no era una cambiaformas, era humana; y por la reacción instantánea de mi cuerpo a su aroma, esta hermosa humana era mi compañera.

4

———

EMMA

MADRE MÍA. Había un vaquero guapísimo en la puerta. Con camisa de botones y todo. ¿Estaba coqueteando conmigo?

No sabría decirlo, ya que tenía como... dos años sin tener una cita. Desde que salí con Josh, otro chico de la productora, durante unas semanas. Básicamente, nos habíamos enrollado mientras trabajábamos hasta tarde una noche y habíamos terminado dos semanas después, así que no sabía si eso se consideraba una cita. Había sido patético con P mayúscula. No llegué al orgasmo. Tuve que tocarme yo misma en los pocos minutos que tuve antes de que él se corriera y se marchara...

Este tío era impresionante. Como un modelo salido

de las páginas de la revista *Vigoroso*. ¿Existía esa revista? Si no, debería, porque podría pasarme todo el día mirando vaqueros como este.

Sabía que había calendarios de vaqueros. Él sería el Sr. Enero. Y febrero. Todos los meses del año.

¿Eran estos los tíos que frecuentaban el rancho de Chapman? No había estado tanto tiempo aquí como para explorar el lugar. Era enorme, y yo no sabía nada de vacas más allá de que me gustaba la carne poco cocida. En cuanto a los vaqueros, me gustaban de este estilo. Si los demás del rancho se parecían a él, iba a convencer a Lyssa para intercambiarnos como gemelas como hacíamos cuando éramos más jóvenes. A mí me iba muy bien en matemáticas, y habíamos intercambiado todas sus pruebas de precálculo. Yo me quedaría aquí y trabajaría en su empleo, que no parecía tan duro ni exigente, sobre todo porque ella ni siquiera estaba aquí. Ella podía irse a vivir su próxima aventura, cualquiera que fuera, y yo me quedaba sentada admirando a este bombón. Según Lyssa, Chapman rara vez venía a este rancho. Nadie necesitaba saber que yo era la otra gemela.

Se recostó en la puerta como si quisiera acercarse a mí, y a mí me gustó.

Y tanto.

Tenía unos músculos gruesos y abultados que su camisa no podía contener. Una barba de tres días le cubrían la mandíbula y labio superior le aportaban un estilo montañoso que nunca vi en L.A., y unas cejas pobladas enmarcaban unos ojos marrones que parecían atormentados. Como si hubiera visto cosas que le hubieran hecho envejecer más de la cuenta.

—¿Acabas de decir, —Madre mía»? —Sus labios se curvaron con una sonrisa caliente.

¡Mierda! ¿Había dicho eso en voz alta? *¡Tonta! ¡Tonta! ¡Tonta!*

—¿Sí? Eh... No, bueno...

Me devané los sesos buscando algo interesante que decir. Algo coqueto. Algo bonito.

¿Qué haría Lyssa?

Antes de que pudiera darme cuenta, estalló una alarma ensordecedora en toda la mansión. Salté unos treinta centímetros en el aire, tanto que el Vaquero Delicioso pensó que tenía que estirar la mano y agarrarme el codo para sujetarme.

No me arrepentía. No me arrepentía en lo más mínimo.

—¿Se está quemando algo? —Su voz era como una vibración aterciopelada. Levantó la nariz para olfatear el aire.

—¡Mis galletas! —jadeé, dándome cuenta por fin de lo que había pasado. Había estado jugando a la Sra. Doméstica en la preciosa cocina del rancho y había decidido prepararlas esta tarde. Estaba a punto de sacarlas del horno cuando Vaquero Delicioso —abreviado como VD— tocó el timbre.

Me di la vuelta, dejando a VD en la puerta abierta.

Fenomenal. Si quemaba la mansión, perdería la oportunidad de mantener el trabajo de mi hermana y de conocer a vaqueros deliciosos. ¿Y luego qué?

Entré corriendo a la cocina y me di cuenta de que VD venía pisándome los talones.

Vaya, qué lindo. Era del tipo sobreprotector. No había muchos de esos en L.A.

Abrí la puerta del horno y cogí las manoplas calientes. El humo me llegó a la cara y tuve que apartarme y toser, con los ojos llorosos.

—Yo me encargo —gritó por el ruido de la alarma. Antes de que pudiera recuperarme, VD me quitó una de las manoplas calientes de la mano y sacó las galletas—. Sacaré esto. —Corriendo desapareció con la bandeja de galletas en mano hacia las puertas francesas que daban a una enorme terraza de piedra y piscina en el patio de la casa.

Me desmayo.

No era como si me hubiera sacado de un edificio en llamas, pero diablos, puede que estuviera tan loca como para prenderle fuego a todo este lugar nada más para que eso ocurriera.

Corrí hacia el segundo par de puertas francesas —porque una no era suficiente— para abrirlas de par en par y dejar que entrara más aire.

La alarma de humo seguía chirriando. Encontré el interruptor de la rejilla de ventilación encima de la estufa y encendí el ventilador. VD apareció otra vez, apagó el horno y cerró la puerta.

—¿Cómo se apaga la alarma? —gritó, mirando al techo—. Lugares como este tienen un sistema de cableado. Seguramente tendrás unos pocos minutos antes de que se les notifique a los bomberos.

Demonios.

—Eh, ¡cierto! Eh...

Sabía dónde estaba el panel del sistema de seguridad. ¿Estaría en el mismo sitio? Corrí hacia él, cerca de la puerta principal, y VD me siguió. Introduje el código que me había dado Lyssa y esperé a que se apagara la alarma.

Sin suerte.

—Aquí... —La voz de VD era como un rugido profundo. Estaba tan cerca de mí que podía sentir el calor de su aliento en mi oído. ¿Tenía que estar tan cerca de mí para ayudarme?

Probablemente no.

¿Me molestó que lo hiciera?

No, ni un poco.

Me puso una mano en la cadera y con la otra apretó un par de botones. La alarma se detuvo. En mis oídos todavía resonaba el eco.

Suspiré. Utilizaba ordenadores complejos y programas avanzados para todos los trabajos de efectos visuales que hacía, pero no podía descifrar cómo se configuraba una alarma.

—Gracias.

VD no se había movido; seguía justo detrás de mí, con la mano apoyada en la pared junto al panel de seguridad y el cuerpo inclinado hacia el mío. Y esa mano grande, suave y cálida en mi cintura...

No quería moverme, tampoco quería que él retrocediera, pero no podíamos quedarnos mirando el panel todo el día. Lentamente, me volví hacia él.

No se echó hacia atrás. De hecho, se inclinó hacia abajo.

Nuestros labios estaban separados por centímetros, y él estudiaba los míos, como si estuviera pensando en besarme.

Sí, por favor.

¡Bésame, vaquero!

¿O lo besaba yo? ¿Un picoteo? ¿Como un beso de agradecimiento? Eso era lo que Lyssa haría si un vaquero delicioso la rescatara de un incidente con galletas en llamas.

—No... no sé cómo te llamas —susurré.

Aun así, no se apartó. No me dio espacio, y eso me encantó. ¿Sería que alcanzaba a ver cómo me latía el corazón? Me sudaban las palmas de las manos y estaba nerviosa, ansiosa por seguir metiendo la pata y que él supiera que yo no era la atrevida y divertida Lyssa.

Durante un caluroso segundo, la realidad de ser la aburrida Emma, la diseñadora en paro sin vida social, pesaba como un millón de kilos.

Quería ser la glamurosa Lyssa: el espíritu salvaje y

libre de preocupaciones que conseguía trabajos cómodos cobrando por no hacer nada en el rancho de un multimillonario y luego se iba del pueblo con un sultán durante una semana a tener sexo caliente y, con suerte, protegido; la que podía hablar con hombres; demonios, la que podía conocer a un extraño en un bar, enrollarse y luego irse con él a Ibiza.

Yo ni siquiera tenía pasaporte.

Lo había hecho. Lo había dejado. Me alejé de una situación de mierda sin ningún tipo de red de seguridad. Eso había sido algo muy digno de Lyssa. ¿Podría hacerlo una vez más? ¿Ser coqueta y divertida? No como yo, eso sería imposible. Emma no hacía eso. Pero podría fingirlo.

Sonreí.

—Soy Lyssa Lane, la cuidadora del Sr. Chapman.

Dios mío, ¿qué estaba haciendo? Sentí un corrientazo de emociones por lo arriesgado y... estimulante que era.

Estábamos demasiado cerca para darnos la mano. Prácticamente respirábamos el mismo aire. Podía ver cada una de sus pecas. Quería levantar las manos y trazar los contornos de su pecho esculpido.

—La cuidadora, bien. —Dios, ese profundo estruendo me llegó directo al coño—. ¿No la novia?

¡Santo cielo! ¡Estaba interesado en mí! ¡En mííí!

Mi sonrisa se ensanchó.

—No. No soy la novia de nadie. Estoy muy disponible. —Ahora empezaba a sentirme como Lyssa. Como si adoptar su nombre me persuadiera la capacidad de desenfrenarme para coquetear y deshacerme de todas las responsabilidades, aunque no tuviese ninguna aquí, de creer en mi propia suerte y en que saldría victoriosa pasara lo que pasara.

—No me has dicho tu nombre. —Definitivamente estaba coqueteando. ¿Debería acomodarme un mechón de pelo? ¿Morderme el labio?

—Me llamo Johnny.

Claro que sí.

—¿Trabajas en este rancho? —pregunté—. Soy nueva y aún no he conocido a nadie.

Negó con la cabeza.

—Soy socio de Mitch, de Cooper Valley.

No tenía ni idea de dónde quedaba eso, pero en realidad no importaba.

—Gracias por ayudarme con él... —Agité una mano en dirección a la cocina—. ...desastre de las galletas.

Sonrió.

—¿Qué pasó ahí? Tenían que haber estado en el horno mucho más tiempo que los minutos que tardaste en abrir la puerta.

—¿Tú crees? Puse un temporizador... —Al decirlo, me di cuenta de que no debía haberlo hecho. Había metido las galletas, había intentado entender cómo usar la elegante lavadora para poner una carga de ropa —eso me había llevado quince minutos más o menos— antes de que el vaquero delicioso --Johnny tocara el timbre—.

Quizá se me olvidó poner el temporizador. Se me da fatal. —Me reí de mí misma, en lugar de morirme de vergüenza. Eso era lo que haría Lyssa: borrar todo con una sonrisa—. Hace mucho que no hago galletas. Lástima que se hayan estropeado. Te habría ofrecido algunas para agradecerte por tu ayuda.

—Y me las comería. —Su garganta se movió. Sus ojos se oscurecieron y bajaron para recorrer mi cuerpo—. Las galletas, me refiero. La verdad, cualquier cosa que tú me dejaras comer. —Juntó los labios y los relajó—. Me gusta mucho comer, Lyssa.

Madre. Mía. De. Mi. Vida.

Esto estaba pasando.

Esto estaba pasando en serio.

Le gustaba a este vaquero. Podría tenerlo ahora mismo si quisiera.

Pero eso no sería seguro. Sería una locura. No conocía a este hombre en absoluto. Podría ser un asesino psicópata. Podría tener una enfermedad de transmisión sexual. Podría...

Pensé en Lyssa. Ella seguro que no conocía al sultán de Arunai mejor de lo que yo conocía a este tipo cuando se enrollaron y se fue en su jet privado a Ibiza. Ahora mismo estaría tomando el sol en una playa exclusiva o en un yate privado, y seguro que no tenía ni idea de dónde quedaba Arunai.

Nunca le pasaba nada malo. Se divertía, tenía aventuras, vivía.

¿Qué haría Lyssa con Johnny?

Ella le dejaría comer si eso era lo que él quería.

Sí, eso haría. Así que, en mi mente, me quité las bragas de niña grande y las cambié por un tanga caliente de encaje. *Podía hacerlo. Podía hacerlo.*

Me mordí el labio y dije:

—¿Tienes hambre, vaquero?

5

JOHNNY

¿Que si tenía hambre? ¿De mi pareja? Nunca la había tenido tan dura en mi vida. Tenía la boca echa agua por probarla, por comer directo de la puta fuente.

Quería morderle el hombro, reclamarla, marcarla. Su aroma, como a galletas sin quemar y miel, estaba volviendo loco a mi lobo.

Era humana. HUMANA. No podía marcarla ahora.

Pero me había dado el visto bueno para comérmela.

Demonios, seguro que lo había hecho. Por la mirada de sus ojos oscuros y por cómo se mordía el labio, lo deseaba tanto como yo. Pero también había precaución y sorpresa como si no invitara a todos los vaqueros que se acercaban a la puerta a comérsela.

Mejor que no, mierda.

Esto era diferente. Nosotros éramos diferentes. Cinco minutos fueron más que suficientes para darme cuenta. Bastó una sola bocanada de su aroma.

Ella lo sentía. Necesitaba esta conexión. Hasta siendo una humana que no sabía nada sobre los cambiaformas. Empezaría con eso. Su deseo de que la hiciera venirse. Entonces, y solo entonces, pensaría en cómo contarle por qué se sentía tan atraída por mí, sobre los cambiaformas, y que iba a estar con uno, conmigo, por el resto de su vida.

Lamida de vagina y follada con dedos. Mi lobo y mi pene estaban de acuerdo.

Primero, su boca y cada centímetro de su perfecto cuerpo.

Dando un paso adelante y con la mano en la curva de su cintura, la pegué contra la pared junto al panel de alarma. Me quité el sombrero y lo dejé caer al suelo. Lentamente bajé la cabeza mientras observaba sus ojos y los veía cerrarse.

Luego posé mi boca en la suya.

Rugí. Mi lobo gruñó. Ella gimoteó.

Maldición, sí.

Sabía dulce, pero salvaje. El beso sabía ligeramente a desesperación, y sus dedos se clavaban en mi camisa, como si fuera a detenerme.

Eso no iba a pasar.

No tenía ni idea de por cuánto tiempo nos besamos,

y podría haber seguido así durante horas, o hasta días, pero quería más.

Pasé de sus labios a su mandíbula y la besé hasta la oreja, donde murmuré «qué preciosa» antes de arrodillarme.

Era más bajita que yo y hasta arrodillado era ella unos centímetros más alta. Nuestros ojos se encontraron. Los suyos eran pozos oscuros empañados por el deseo. Tenía las mejillas rosadas. También sus labios, hinchados y húmedos.

Estaba listo para averiguar si sus otros labios estaban en las mismas condiciones.

Con los dedos firmes —era mi compañera y nunca había estado tan seguro de nada— le subí el dobladillo de la camiseta. Lo hice despacio, observando sus ojos todo el tiempo. No se la saqué por encima de la cabeza, sino por encima de los pechos, de modo que se le quedara amontonada bajo las axilas. Me gustaba esto, desnudar partes de ella que eran solo para mí.

Como su sujetador rosa claro que realzaba a la perfección esas preciosas curvas. Si estaba así de despampanante vestida de algodón, no sabía si podría sobrevivir a verla en lencería sensual.

Pero qué manera de volverme loco.

Besé el valle entre sus tetas y luego bajé por su suave vientre. Lamiendo su ombligo, le desabroché los jeans. Menos mal que eran holgados. ¿Cómo era que les decían, corte ancho? Más bien corte para facilitarle el acceso a tu macho.

Con el botón desabrochado y la cremallera abajo, la cinturilla se deslizó. Su aroma se había hecho más fuerte ahora y se me hizo la boca agua. ¿Me estaría babeando? Levanté la vista y la miré a los ojos mientras le pasaba el vaquero por las caderas y lo bajaba hasta los tobillos.

No decía ni una palabra, pero tenía la respiración acelerada y sus tetas se agitaban dentro del sujetador.

Solo cuando se mordió el labio bajé la mirada. Vi sus bragas lisas a juego. Apoyé la frente en su vientre, las manos en la parte posterior de sus piernas y cerré los ojos.

La inhalé.

La sentí.

La saboreé.

Y también me tomó un segundo controlarme, para frenar mi lujuria y necesidad porque estaba a punto de venirme nada más con oler su excitación. Eso me acabó.

Maldición.

Incapaz de esperar un segundo más, bajé unos pocos centímetros y puse mi boca sobre ella, justo encima de sus bragas. Succioné su aroma y sabor. Pero luego me volví un poco salvaje y le arranqué el algodón porque era lo último que se interponía en mi camino hacia lo que siempre había deseado.

Acto seguido puse la boca en el coño de mi compañera.

EMMA

—¡DIOS MÍO! —grité, y mi voz se hizo eco por el techo.

Johnny me había puesto la boca en el coño, en la entrada de la casa de un extraño, ¡y con las puertas estaban abiertas!

Y Johnny era un tío que conocía poco menos de diez minutos.

Pero era bueno. Me comía el coño tan bien. Lamía y chupaba de formas...

—¡John! —grité, agarrándole la cabeza y halando su sedoso pelo. No debería estar haciendo esto con un extraño. Era una locura. Pero entonces hizo algo o algún lametazo y le pegué más la cabeza en mi centro.

Gruñó, pero no se detuvo, solo me agarró con más

fuerza la parte posterior de los muslos. Seguro que me saldrían moratones de las puntas de sus dedos. No me importaba. Diablos, sonreiría cada vez que los mirara en el espejo.

Si así era la vida de Lyssa sin preocuparse por nada, entonces me lo había estado perdiendo.

Josh me la había chupado, pero no había sido así. Nada había sido así.

Estaba a punto de venirme, y Johnny no había ni empezado a usar los dedos...

Además de ser un experto en oral, debía de leer la mente, porque deslizó su mano entre mis muslos y...

—¡Aaaah! —Me puse de puntillas mientras me metía un dedo, enroscándolo—. ¡NO PARES!

Levantó la cabeza el tiempo suficiente para murmurar:

—Vamos, vente para mí preciosa. —Luego volvió a su tarea de hacerme hacer precisamente eso, chupándome el clítoris de una forma que me recordaba a mi vibrador, pero mucho más rico. Y ese dedo estaba haciendo algo mágico.

Tal vez había estado con hombres flojos. Tal vez en realidad era muy orgásmica y nunca lo supe, o tal vez Johnny era un mago del sexo porque, así sin más, me corrí.

Menos mal que él me agarraba, porque me flaquearon las piernas. Me sacó los jeans de un tobillo mientras intentaba recuperarme. Lo que hizo a continuación fue una locura. Sujetándome por detrás de las piernas, se inclinó hacia atrás, con cuidado, lo cual seguro se debía a los poderosos abdominales que tenía, hasta acostarse de espaldas sobre la entrada de baldosas de pizarra.

¿Dónde estaba yo? Encima, a horcajadas sobre él. Me levantó con una facilidad ridícula hasta montarme en su cara.

Ahora estaba arrodillada sobre él, con los jeans enganchados en un tobillo, las bragas rotas en alguna parte y la camiseta recogida bajo los brazos. Lo miré y sus ojos eran como... ¿ámbar?

—Johnny —susurré.

—Todavía tengo hambre, nena.

Luego me tiró hacia abajo y trató de sofocarse con mi coño.

—¿No necesitas...?

Eso fue todo lo que pude preguntarle sobre su respiración antes de que todos los pensamientos se esfumaran.

Y otra vez me corrí.

Y otra vez.

Cuando le pareció que ya había tenido bastante —porque no tenía ni idea de que pudiera soportar tanto placer—, me acunó en sus brazos. Estaba toda sudada, marchitada y saciada. Mi respiración estaba acelerada y no sabía si me quedaban huesos en el cuerpo.

En mi oído sentí el latido de su corazón. Respiré su aroma. Más abajo, sentí lo fuerte que me apretaba el vientre. Me pasaba los dedos por el pelo, acariciándome, como si yo fuera algo preciado.

Sí, todos esos orgasmos obviamente me volvieron loca. Estaba pensando como Emma, no como Lyssa. Lyssa no pensaría que era preciada para un tío, ella pensaría que... él no se había corrido.

Era su turno. Hasta yo sabía eso.

Levanté la cabeza y lo miré. La barbilla le brillaba con mis jugos.

No sabía si debía avergonzarme o excitarme. A él no parecía importarle. De hecho, por cómo se relamía, le gustaba.

Le encantaba. Ningún hombre se la chuparía a una mujer hasta ese punto y con el fervor que él lo hacía a menos que fuera algo que él disfrutara.

—Tu turno. —Canalicé mi zorra interior. A pesar de que me había corrido, mi coño ansiaba ser llenado por él. Por lo duro que estaba, me iba a atiborrar.

Volvió a acariciarme el pelo.

—Cariño, me encantaría, pero no voy a follarte por primera vez en el suelo.

¿Por primera vez? Uau. Sonaba como si esto no fuera un hola y chao. Bueno, vale. No tenía nada de ganas de quejarme, eso era seguro.

—Me tomaré mi tiempo contigo —prometió.

7

____

JOHNNY

Tenía la verga tan dura que se me iba a romper. Tenía su sabor en la lengua, y mi lobo estaba encantado, pero ansioso por más. Lyssa se bajó de mí, se volvió a poner la camiseta e intentó volver a ponerse los pantalones. Yo la observaba mientras levantaba mi sombrero del suelo y me acomodaba mi dolorido miembro en los jeans.

Aunque dar placer a mi pareja era una experiencia espiritual, el lado protector que había en mí seguía en guardia. Las puertas de la casa estaban abiertas por delante y por detrás, así que había estado atento por si alguien se acercaba. Bajo ningún concepto iba a permitir que nadie viera a la encantadora Lyssa en pleno orgasmo.

A menos que a ella le gustara eso. En ese caso, podría trabajar para sobreponerme a mi posesividad y dejar que mi hembra cumpliera sus fantasías. Su satisfacción era mi máxima prioridad.

Cuando se había arreglado la ropa, le cogí la mano y le besé el dorso de los dedos.

—¿Cuánto tiempo tenemos antes de que vuelva Mitch? Mantuve un tono de voz suave, tratando de no arruinar el momento.

No tenía que saber que planeaba dominar a su jefe y llevármelo apenas volviera. Diablos. ¿Cómo iba a hacer eso con ella aquí? Tenía que llevarla a un lugar seguro porque, según las pruebas y las acusaciones, ninguna mujer estaba a salvo cerca de Chapman.

Se encogió de hombros.

—No volverá por un tiempo. Puede que en días o semanas.

Me relajé. Estaba a salvo por ahora. Pero necesitaba hacérselo saber a Rob... o al Consejo.

—Casi nunca lo veo —añadió.

Percibí una mentira. ¿Qué escondía? ¿Estaba Chapman escondido en otra parte del rancho? ¿Estaba ella al tanto de las cochinadas de Chapman? No podía creerlo, sobre todo porque su delito era traficar mujeres, pero quizá estaba cegado por ser ella mi compañera.

No, sus palabras eran convincentes. Chapman era turbio, pero también era un hombre de negocios. Tal vez él le había dado instrucciones de no darle su horario a nadie por el bien de la privacidad. Eso tenía sentido, pero su pequeña mentira la puso nerviosa.

Esperaba que eso fuera todo.

Fuere lo que fuere, lo arreglaríamos. Ella aún no lo sabía, pero era mi compañera. Esto era algo de vida o muerte. No me iba a ninguna parte sin ella.

—Eso significa que puedo tomarme todo el tiempo que necesite contigo —comenté. Me llevé uno de sus dedos a la boca y chupé con fuerza—. No te muevas. Voy a cerrar las puertas para que los peones del rancho no te oigan gritar. —Le guiñé un ojo.

Vi una pizca de duda en su cara y me quedé inmóvil al darme cuenta de cómo había sonado eso.

—Mierda. —Alargué las manos para agarrarle los hombros y le dediqué una sonrisa tranquilizadora—. A ver, gritos buenos. ¿He sonado como un psicópata?

Su rostro se relajó y se rio.

—No. Pero apenas te he conocido.

Se sonrojó y desvió la mirada.

Qué bien que tuviese buenos instintos. Se había dejado llevar conmigo porque sentía de alguna manera que estábamos hechos el uno para el otro. Aunque era humana, y las dudas estaban empezando a aparecer. Me daba cuenta de que era una buena mujer, y las buenas no se dejaban comer por un extraño en la entrada de la casa de su jefe.

Aunque ella lo había hecho. Y quería más. Mi trabajo

era mantener ese deseo para que siguiera dejando salir a la niña mala que llevaba dentro.

—Estás bien cuidada conmigo. cariño. Te juro que nadie más te cuidaría igual. Te defenderé de... —Me contuve para no decir «tu inútil y probablemente peligroso jefe» ni cualquier otro comentario que sonara demasiado intenso—. Pues de las galletas quemadas y alarmas ruidosas. —Sonreí—. Diablos, y hasta de cualquier cosa que no quieras. Incluyéndome a mí. —Levanté las cejas—. Es una promesa.

Me dio un suave empujón y sonrió.

—Yo cerraré éstas. Tú ve y cierra las puertas de atrás.

Desde luego. No me estaba echando.

Mi sonrisa se ensanchó.

Confiaba en mí.

Incliné mi sombrero.

—Sí, señora. —Corrí a cerrar los dos pares de puertas francesas, aprovechando la oportunidad para escribirle a Rob, mi alfa, un mensaje de texto.

Chapman no está aquí.

Ahora sabía que no estaba muerto y podía avisarle al Consejo del punto muerto.

Cuando regresé, abracé a Lyssa y ella soltó un grito ahogado y luego se echó a reír. Aquel fue un sonido que no sabía que necesitaba oír. Me tranquilizó desde dentro.

—¿Dónde está tu dormitorio?

Ladeó la cabeza hacia la cocina.

La llevé hacia allí y me señaló una espaciosa suite para el casero, situada al lado de la lavandería. Como el resto de la casa, estaba llena de lujos, con una chimenea de gas de dos caras que podía verse desde el dormitorio y el cuarto de baño y una bañera de hidromasaje donde cabían dos personas. Cuando la llevara al barracón del rancho Wolf, me pregunté si le parecería muy rústico. Rob no había escatimado en nada cuando lo equipó, le había añadido una enorme área común principal que servía de sala de entretenimiento, cocina y comedor. También había dormitorios grandes para todos, pero yo era el único que se estaba quedando allí por el momento. Aunque había una chimenea en la sala, el dormitorio que compartiríamos Lyssa y yo no tenía, así como tampoco tenía bañera de hidromasaje.

—Hostias. Bonito lugar.

—Pienso igual —Lyssa parecía asombrada, pero luego se recompuso—. Me encanta. Es un trabajo estupendo.

—¿Cuánto tiempo llevas trabajando para Mitch?

—Apenas unos meses. Sinceramente, no sé cuánto durará. Supongo que cambia de caseras muy rápido.

Fruncí el ceño. ¿Sería porque era un jefe volátil? ¿O las desaparecía así como a las hembras cambiaformas que había vendido en el mercado negro? Eso me puso los pelos de punta. No me gustaba que Lyssa trabajara para ese tipo ni tampoco que, si no me hubieran asignado que viniera aquí a buscarlo, nunca la habría encontrado. Podría haber seguido en peligro.

Quería golpear una pared y no dejar a Lyssa sola nunca al mismo tiempo.

Tuve que calmarme. *Chapman no está aquí. Tu compañera está bien. Eres un ejecutor. Tu alfa y el Consejo confían en ti para cuidar de todos. Nunca dejarás que le pase nada.*

Por todas las pruebas, probablemente estaría muerto pronto. En pocos días estaría ante el Consejo y todo esto habría terminado. La amenaza a mi compañera había desaparecido permanentemente.

Ahora mismo estaba en el lugar más seguro en el que podría estar: conmigo, y yo tenía asuntos mucho más urgentes que tratar que otro ejecutor si encontrase a este idiota en otro lugar, como satisfacción sexual de mi compañera. Después encontraría cómo hacer que se enamorara de mí.

Me cogió el sombrero cuando la tumbé en medio de la cama matrimonial y lo tiró al suelo.

Me quité las botas.

—Odio que te hayas vuelto a vestir, cariño. Déjame ver esas tetas otra vez —le ordené mientras me sacaba la billetera del bolsillo, sacaba el condón y lo tiraba en la cama junto a ella. Esperaba que no me viera muy tosco.

No fue así. El aroma de su excitación floreció cuando se quitó la camisa y la tiró al suelo. Su sujetador rosa claro casi no podía sostener la turgencia de sus pechos.

—Diablos, qué hermosas. —Me abrí la camisa de un golpe y me la quité mientras me subía a la cama.

Ella bajó la mirada y murmuró:

—Es que... No sabía que tendría compañía...

Mi mirada pasó de sus tetas a sus ojos.

—Demonios. ¿De verdad no tienes idea de lo buenísima que estás? Hay que desnudarte para poder verte toda.

Sus mejillas se sonrojaron de un tono rosado muy bonito mientras juntos quitábamos el resto de su ropa.

—Ah. —Soltó una risita entre suspiros mientras luchábamos por sacarle los jeans de un pie.

—Puta vida. —Sacudí la cabeza como si algo no anduviera bien.

—¿Qué?

—Eres demasiado perfecta. —Pechos grandes, curvas exquisitas, coño perfectamente depilado... eso ya lo conocía muy bien. Era más que perfecta.

Sonrió. Con que le gustaban esos elogios. Le daría muchos todos los días a partir de ahora.

Buscó el botón de mis jeans y lo abrió.

—Mi hermana es la que está buena. Creo que siempre me sentí sosa al compararme.

Negué con la cabeza, arrodillándome ante ella, dándole riendas sueltas para que llegara a mi pene. Le pasé un dedo por un pezón y le froté la piel. Suave como la seda. Cálida. Mía.

—Nadie está más buena que tú. Nadie.

La piel se le sonrojó más. Me desabrochó los jeans y me los bajó lo necesario para que mi pene saltara.

—Tú también estás muy bueno, vaquero. —Se rió cuando me arrodillé sobre ella, con una mano junto a su cabeza, tapándole todo para que solo me viera a mí—. En mi mente te llamaba vaquero delicioso antes de que te presentaras.

Deslicé la mano por detrás de su nuca para acercar su boca a la mía.

—Seré tu vaquero delicioso cuando quieras, cielo. —La besé y acaricié sus labios una sola vez antes de separarlos con la lengua.

Volvió a encontrar mi pene y agarró la base. Se me tensaron los huevos y gemí en su boca.

Demonios, estaba tan excitado por esta hembra que iba a venirme antes de empezar. Sobre todo porque tenía su sabor en la lengua y la imagen mental de cuando se corrió grabada a fuego en mi cerebro.

—Escucha. —La empujé de nuevo sobre la cama y la seguí, tomando de nuevo su boca. Cuando rompí el beso, dije—: No quiero que pienses que tener un preservativo en mi cartera es normal para mí, o meterme a la cama con una mujer a los pocos minutos de conocernos.

Vale, follaba. No quería discriminar, pero nunca había significado nada para mí. Los cambiaformas veíamos el sexo de una manera distinta. O al menos en mi caso. Ahora, en cuestión de una hora, significaba todo. Lo haría con Lyssa y nada más que con ella. Era crucial que ella supiera que esto significaba algo para mí y que ella era diferente.

Separó las piernas y mis caderas reposaron en ella. Mi verga desnuda se deslizó sobre su sexo húmedo y otra vez estaba a punto de venirme. Me entraron unas ganas inmensas de penetrarla sin barreras. A mí no me daban enfermedades de transmisión sexual, pero los humanos tenían conversaciones sobre protección para eso y sobre el embarazo.

La verga me chorreaba líquido preseminal al imaginarla embarazada de nuestro cachorro.

Paciencia. Tenía que tener paciencia, mierda. Podía ponerme el preservativo y proteger a Lyssa, hacerle saber que pensaba en su seguridad y sus necesidades por sobre todas las cosas.

—Yo tampoco —admitió.

La besé por toda la clavícula y me prometí contar y lamer cada peca que tuviera más tarde.

—No soy un mujeriego —añadí—. Sentí una conexión genuina apenas te vi.

Algo así como un vínculo permanente y predestinado.

Le acaricié el pecho.

—Esta hermosura y su gemela no me dejan pensar. Llevé la lengua a un pezón y giré alrededor de la areola marrón oscura.

Los ojos se le abrieron de par en par por un momento y luego se rió. Sus dedos se hundieron en mi pelo.

—No pienses. Solo chupa.

—Sí, señora —acepté. Lamí y chupé su pezón hasta ponerlo tieso, y luego cambié al otro para dedicarle la misma atención. Siempre con la verga palpitando y los huevos azules y doloridos. El líquido preseminal se estaba derramando por las sábanas entre sus piernas.

—Dime tres cosas sobre ti. —Besé el suave plano de su vientre y me detuve a pasarle la lengua por el ombligo.

—¿Tres cosas? —Su voz subió de tono como si no estuviera acostumbrada a que la atención se volviera hacia ella.

Metí la punta de la lengua entre sus labios menores, justo encima del clítoris, sin tocarlo.

—Tres cosas y te hago gemir.

Se retorció debajo de mí, intentando acercarse a mi boca.

—Tres cosas —jadeó—. Eh... Tengo una hermana.

—No cuenta. Eso ya lo sabía. —Besé el ápice de su hendidura y acaricié la abertura una vez más con la punta de la lengua. No podía parar.

Dejó escapar un pequeño suspiro.

—Se me da fatal hacer galletas. —Soltó una risita.

—No. Eso también lo sabía. ¿No me quieres contar, Lyssa? —Me llevé uno de sus labios a la boca y chupé antes de soltarlo con un chasquido.

—¡Soy diseñadora de efectos especiales!

Le di una generosa lamida, separándola y arrastrando mi lengua hasta arriba.

—¿Efectos especiales? Impresionante. Esa es una. Ahora dime dos más.

—Me encanta el helado.

—Te acepto si me dices también tu sabor favorito. —El mío era el coño de mi compañera.

—Chocolate con menta.

—Me lo apunto. ¿Qué más?

—Eh... No tenido sexo en dos años.

—Ay, cariño. Gracias por compartir eso. Haré que la espera merezca la pena.

Bajé a comerle el coño una vez más, lamiendo, chupando, saboreando sus labios internos. Me metí el pequeño clítoris entre los labios y chupé.

Así fue como me gané los primeros gemidos en su cama. Le metí dos dedos y le acaricié al mismo tiempo la pared frontal interna, justo detrás del clítoris, para llevarla al orgasmo. Me apretó fuerte los dedos y sus deliciosos jugos gotearon en mi palma mientras su culo se apretaba tanto que las caderas se le iban a salir de la cama. Seguí chupándole el clítoris sin parar.

—Muy bien —la elogié cuando sus muslos dejaron de temblar y se hundió en la cama.

—Dios santo, ¿qué me estás haciendo?

—Me estoy ganando mi derecho a estar entre tus piernas, cariño.

Dejó escapar una carcajada.

—Es rico. Muy rico.

Me arrastré encima de ella.

—Dime tres cosas más.

—No, no. —Sacudiendo la cabeza, puso las manos en mi pecho—. Es tu turno. Dime tres cosas sobre ti.

Le besé el cuello y me eché hacia atrás para sentarme sobre los talones y coger el preservativo. Mientras me lo ponía, le dije:

—Vale, aquí tienes tres cosas breves sobre mí. Uno: lamerte el coño es mi nueva actividad favorita; dos: soy peón en el rancho Wolf, que está a unas dos horas de aquí; y tres: es hora de que cabalgues a este vaquero.

8

EMMA

—Uau —balbuceé cuando me envolvió la espalda con un brazo y nos giró, de modo que él quedó acostado en la cama y yo encima de él, a horcajadas sobre sus caderas. La facilidad con la que me manipuló me hizo reir. Se agarró la base de la verga cubierta de látex y se la frotó lentamente.

Su mano se detuvo mientras su mirada recorría mi cuerpo desnudo hasta mirarme a los ojos.

Nos quedamos quietos. Nos miramos.

El Vaquero Delicioso quería que lo cabalgara. Tremenda fantasía. Era como las que Lyssa disfrutaba y yo solo escuchaba la historia más tarde.

Ella tenía una caja entera de juguetes sexuales sin

abrir que vergonzosamente le encontré metida debajo de la cama. Debía de ser representante de una tienda para adultos o algo así para tener tanta cosa. Ojalá tuviera el valor de sacarlos y sugerirle a Johnny que los usáramos, pero no tenía nada de experiencia con juguetes. Él tampoco parecía necesitarlos.

—Johnny —susurré, como si necesitara decir su nombre para asegurarme de que esto estaba pasando de verdad.

¿Qué era esto? ¿Le pasaba siempre esto a Lyssa?, ¿que se diera todo tan fácil con un chico? Tan divertido, tan bien...

No sabía nada de él a excepción de su nombre y su trabajo. Pero sentía que lo conocía. Sentía que esto era especial, algo más que diversión.

¿Era yo, Emma, tan tonta? ¿Era una tonta por pensar de esta manera?

—Soy tuyo, cielo. Súbete.

El áspero sonido de su voz me hizo dejar de pensar. Me hizo centrarme en el momento, en su verga grande, larga, gruesa, enorme y dura que estaba esperando a que me hundiera en ella. Me había hecho venir varias veces, y yo a él nada, ni una sola vez. Se había ocupado de mí y de mi placer.

Se la había puesto dura. YO, no Lyssa. Y era el momento de ser quien le diera alivio y ayudarle a encontrar su liberación en mi cuerpo.

Sonreí lentamente.

—Vale, vaquero. Allá vamos.

Me apoyé en las rodillas y me acomodé hasta que la gruesa corona quedó encajada en mi entrada. Mirándonos a los ojos, me hundí. Con cada centímetro que me llenaba, más abiertos se me ponían los ojos.

—Sí, así —suspiré ante la plenitud.

Los tendones de su cuello se tensaron. Su mandíbula se tensó. Pero sus manos posadas en mis caderas eran suaves.

—Qué rico te sientes —gemí, levantándome ligeramente.

Él gruñó.

Me dejé caer de nuevo, apoyando los muslos en los suyos.

—Por Dios.

—Amor, me estás matando.

Apoyé las manos en su pecho, giré las caderas y me levanté para volver a bajar. Entré en el ritmo de follarme a mí misma con él.

—Qué rico. —Empecé a jadear. Comencé a girar más y a rechinar cada vez que lo llevaba tan profundo como podía.

Él dobló las rodillas y me acunó en su regazo. Me inclinó las caderas con las manos, yo me eché hacia atrás y él entró mucho más profundo.

Gemimos juntos.

Eso fue todo. Ese cambio fue la última pizca de control. Ahora sí empecé a moverme, a follarme sobre él, a sentir placer. Con una mano apoyada en su pecho, metí la otra entre nosotros y me toqué el clítoris.

—Muy bien, nena. Muéstrame cómo lo haces.

Él sabía. Me había estimulado el clítoris con la lengua de forma perfecta. Aun así, observó, casi hipnotizado, mientras me metía los dedos.

No me importaba que mis tetas rebotaran ni que nuestros cuerpos se abofetearan, ni que el sonido de mis gemidos fuera obsceno y salvaje, ni nada.

Seguí el placer. Disfruté cada una de sus sucias palabras. —Preciosa. Follas tan rico. Ese coño está hecho para mi pene».

Eché la cabeza hacia atrás cuando me corrí, y mis paredes internas se contrajeron y lo apretaron. Debió de ser lo que estaba esperando, porque me apretó las caderas con los dedos al tiempo que me empujaba hacia arriba.

Y literalmente rugió.

Puta vida. Fue tan absolutamente bueno que no sabía si reír o llorar. Me había perdido sexo como este porque había sido demasiado cuidadosa.

Bueno, esta vez había tirado la cautela por la borda.

Me tumbé en el pecho de Johnny e intenté recuperarme. El problema era que no sabía si eso iba a ser posible. Puede que la aventura con el vaquero sensual me haya arruinado.

9

JOHNNY

ME LEVANTÉ de la cama y saqué el móvil del bolsillo de los jeans. Era pasada la medianoche y la respiración de Lyssa era lenta y uniforme por el sueño. Estaba boca abajo, con el pelo oscuro alborotado regado por la almohada. Le arropé la espalda desnuda con la sábana y la cobija.

Miré la pantalla y me encontré con que tenía el móvil repleto de mensajes de Rob, del Consejo de Cambia-formas y de los otros tres agentes que cazaban a Chapman.

Diablos. A pesar de que le había enviado ese simple mensaje haciéndole saber que Chapman no estaba aquí, mi alfa me iba a matar por ignorar sus mensajes durante horas.

Pero acababa de conocer a mi compañera predestinada. Cuidarla estaba por encima de todo lo demás. Tenía que entenderlo. Pero supuse que debería haberle comunicado ese importante dato hacía horas. Con decir que mi lobo había estado al mando me quedaba corto, y él no texteaba.

Después de haber agotado a Lyssa con nuestras aventuras sexuales —diablos, que había sido espectacular—, me aseguré de que mi compañera estuviera bien alimentada e hidratada. No había demasiada comida en la casa, ni siquiera con una cocina con dos frigoríficos y una despensa más grande que mi habitación en el barracón, pero nos había preparado unos buenos platos de huevos rancheros con chile de lata, huevos frescos y queso.

Necesitaba convencer a Lyssa de que volviera al Rancho Wolf conmigo, pero ella era humana. Sentía nuestra química, pero no sabía nada de compañeros predestinados. Una cosa era irse a la cama y tener una aventura y otra pedirle que hiciera las maletas y se fuera después de haberla conocido hacía unas pocas horas. Me pareció un poco precipitado. Tal vez demasiado imprudente para una hembra humana.

En lugar de decirle que me iba, pasé un rato más con ella diciéndole que creía que la rueda de mi camioneta se había pinchado con un clavo.

Sonrió y dijo que suponía que tendría que pasar la noche aquí, y así fue como me gané un sitio en su cama.

Pero ya se me había acabado el recreo.

Tenía un deber con mi manada que había estado eludiendo de la forma más placentera, y podía empezar por investigar la propiedad para asegurarme de que Chapman de verdad no estaba aquí y para ver si había alguna prueba sobre sus acciones en el rancho. Primero, envié un mensaje de texto a Rob, pensando que era demasiado tarde para llamar. Ya estaba enfadado. Si despertaba a su colega Willow, no acabaría nunca.

Lo siento, Alfa. Estaba conociendo a mi compañera. La encontré. Es humana… Es casera de Chapman. Voy a registrar la propiedad ahora.

Me respondió de inmediato.

Llámame ahora.

Quizá no era tan tarde. Salí desnudo por una de las puertas de atrás que habíamos abierto para sacar el humo, la cerré suavemente tras de mí y me tomé un momento para escuchar la noche. No olfateé nada ni escuché a nadie cerca. Estaba solo.

Llamé a Rob.

—Estaba a diez minutos de enviar un puto grupo a buscarte —dijo. Sus palabras significaban que estaba preocupado por mí, pero su voz ecuánime no ocultaba su enfado. A pesar de que no estaba aquí, instintivamente tragué saliva y bajé la mirada—. Lo siento, Alfa.

—Puta madre, Johnny. Es tu segundo trabajo y te descarrilas. Pensé que Chapman te había matado y que el mensaje que me llegó lo había enviado él.

Nunca lo consideré. Sabía que tenía mucho que aprender del trabajo de ejecutor más allá de matar. Eso lo sabía, ¿pero el resto? De verdad que me hacía falta más.

—La he cagado —admití, pasándome una mano por el pelo—. Lo siento. Es que...

—¿De verdad has encontrado a tu compañera? —El tono de Rob se suavizó.

Esa misma sensación de exaltación que había sentido en el momento en que la olí por primera vez estalló en mi pecho. Era, en parte, celebración; por otra parte, como estar de vuelta en casa. Como una sensación de estar perdido y encontrado a la vez.

—Sí. Estoy seguro. Mi lobo quiso marcarla en cuanto nos tocamos.

—¿Y eso es lo que has estado haciendo toda la noche? ¿Tocándote?

Me aclaré la garganta e intenté no sonreír.

—Sí, algo así. No sabía a ciencia cierta si estaría lista para que la sacara de la propiedad, aunque ese es mi plan para mañana.

—¿Estás seguro de que él no está?

—Ella dice que él no está en el pueblo. No viene desde hace unas semanas. Pero voy a registrar todo el rancho para asegurarme. Incluso si él le dijera que se iba, la propiedad es enorme, y podría estar escondido sin que ella lo supiera. Por lo que sé, su trabajo la mantiene en la casa principal.

—Sí. No se sabe quién o qué hay en esa propiedad. Si está traficando mujeres, podrían estar retenidas allí.

No me gustaba eso. Mucho menos ahora estando Lyssa tan cerca de algo tan maligno.

—Lo averiguaré.

—Quiero un reporte completo antes de que vuelvas con tu compañera. No importa la hora. ¿Entendido?

Asentí y escudriñé la oscuridad. Era un lugar perfecto para huir, y ahora tenía un propósito para hacerlo.

—Sí, Alfa.

—Bien. Sigues en la cuerda floja conmigo.

Suspirando, dije:

—Lo sé, alfa. Debería haber llamado antes. La he cagado.

—Pero claro que sí. Ahora vete a buscar.

—Sí, señor. Te escribo cuando termine.

Colgué y dejé el móvil en una tumbona junto a la piscina. Luego me transformé y andé a cuatro patas.

La única forma de investigar en un momento así era en forma de lobo. Mi sentido del olfato era mejor. Podía ver en la oscuridad. Tenía resistencia y podía correr kilómetros. Además, confiaba en que mis instintos de lobo me llevarían a donde tuviera que ir. Me puse en marcha, corriendo con la nariz pegada al suelo, olfateando los distintos aromas de la propiedad.

Como era de esperar, perdí el rastro de Lyssa rápidamente. Entonces no salía mucho de la casa principal. A mi lobo no le gustaba alejarse tanto de ella, pero estaba segura en su cama, y yo tenía órdenes de mi alfa.

En cuanto avancé, encontré un granero vacío, sin caballos y sin ganado. Ningún olor fresco de humanos o cambiaformas. Hacía tiempo que nadie andaba por aquí. Busqué escondites como puertas trampa o sótanos secretos, pero no encontré nada. Rastreé toda la propiedad vallada, pero no capté ningún olor fresco. A lo lejos había pastizales. Percibí el olor del ganado en el viento y calculé que estaba al menos a doscientos metros de distancia. No había ninguna estructura más allá del pastizal.

Todo despejado.

Corrí de vuelta a la propiedad y me transformé a mi forma humana. Sudoroso y sucio como estaba no podía volver a la cama con Lyssa, así que me metí en la piscina y me di un chapuzón. Esperaba que estuviera fría, pero cuando eras multimillonario te permitías agua caliente, en Montana, a finales de septiembre.

Cogí el móvil y volví a entrar, cogí una toalla de la lavandería y me sequé. Ya listo, salí a registrar el lugar en busca de pistas sobre el paradero de Chapman.

Encontré sus cuartos siguiendo el olor a cambiaformas. Estaba desteñido. Hacía tiempo que no venía, tal como había indicado Lyssa. Forcé la cerradura de su gigantesco dormitorio y revisé sus cosas. El armario de un multimillonario. Botas de vaquero de lujo que nunca habían visto una mota de polvo real. Nada personal, ni fotografías ni documentos.

Encontré su despacho y empecé a forzar la cerradura pero resultó estar abierta.

Sobre el escritorio había una pila de correo abierto. Cogí la carta que había encima y la olfateé.

Olía a Lyssa. Entonces esto era parte de sus deberes de casera.

Investigué la oficina, buscando una caja fuerte o un panel secreto o cualquier otra mierda rara que los villanos multimillonarios tuvieran, pero no encontré nada.

Ni fotos personales ni documentos. Nada que probara que alguna vez había estado él aquí. Era como una casa muestra. Pagaría unos diez mil acres de impuestos.

En esta propiedad no hacía ninguna de las cosas de las que se le acusaba. Mientras le escribía un mensaje a Rob, escuché a Lyssa moviéndose en el dormitorio.

¡Diablos! Bajé las escaleras en silencio y me fui deprisa hacia el ala de Lyssa...

—¿Johnny?

Salí disparado hacia la cocina, dejando el móvil encima del refrigerador antes de abrirlo.

—Hola, cariño. —Puse una voz lenta y soñolienta, aunque mi corazón estaba a toda pastilla—. ¿Tienes hambre? Venía por un vaso de leche.

—Ah, pensé que te ibas a escabullir o algo así.

Me volví con el cartón de leche en la mano y le pasé un brazo por la cintura.

—Imposible, cielo. Se me ha pinchado un neumático, ¿recuerdas? Además, por si no te has dado cuenta, estoy desnudo como el día en que nací. —Le guiñé un ojo, me sonrió y apoyó la cabeza en mi pecho.

—Esto es una locura —murmuró—. Tú estás loco.

—Sí. —Besé la parte superior de su cabeza, cerré los ojos y la inhalé—. Loco por ti.

10

EMMA

ME DESPERTÉ con el placer del cuerpo de un hombre pegado al mío. Estaba en Montana, en una lujosa cama gigante, acurrucada con un vaquero delicioso. Johnny me rodeaba con un brazo y su cuerpo se amoldaba a mi espalda.

Esto parecía un sueño.

Todo el día de ayer, desde el momento en que el delicioso vaquero apareció en la puerta, todo me pareció un sueño.

Como en el momento en que decidí decir que era Lyssa y renuncié a mi trabajo, también tuve suerte.

De alguna manera, las cosas me salían bien como por arte de magia. Me encontraba quemando galletas y de repente un hombre guapísimo y atento entró en casa y se ocupó de todas mis necesidades sexuales. Se ocupó de necesidades que ni siquiera sabía que tenía. Y vaya que tenía.

Por supuesto, todo lo bueno se acababa. Él tenía que volver al rancho donde trabajaba. Yo tenía que dejar de fingir que era Lyssa y pensar en los siguientes pasos de mi vida. También tenía que seguir fingiendo ser Lyssa el tiempo necesario para levantarme de la cama, tirarle la ropa y despedirme de él cuando se subiera a su coche y se marchase sin pensárselo dos veces. ¿De verdad ella hacía esto? ¿Se revolcaba deliciosamente con un chico y, al salir el sol, simplemente... pasaba página? ¿Tan superficiales eran sus sentimientos por la gente? ¿Tan ligeros? No estaba segura de poder ser así porque sentía algo por Johnny y algo más que un placer demente.

Él había dicho que estaba loco por mí. Yo también estaba loca por él. Y quizás loca en general.

Suspiré y empujé el culo hacia él, y su pene se engrosó instantáneamente contra mí. Oh, vaya.

—Buenos días, preciosa.

Preciosa. A diferencia de Lyssa, a mí casi nunca me llamaban así, aunque fuéramos idénticas. Es que ella se vestía con belleza. Expresaba belleza. Lo vivía.

Yo la escondía. La retenía. La mantenía en reserva para no llamar demasiado la atención.

Lyssa siempre había acaparado toda la atención. Incluso ahora, que casi no nos veíamos y ya no estábamos en el mismo lugar donde la gente nos podía comparar.

La mano de Johnny se deslizó por mi costado hasta tocarme el pecho.

—Mmm. —Volví a fundirme en él.

Me rozó el pezón con el pulgar, haciendo que se tensara y se pusiera duro. Sus dientes me mordisquearon el hombro y gruñó al tiempo que su verga se alargaba pegada en mi culo donde estaba. Se movió y se metió entre mis piernas, con la suave cabeza deslizándose por mi entrada.

Diablos, ¿ya estaba mojada? Ni siquiera me había tocado ahí abajo todavía. Mi cuerpo parecía calentarse y derretirse cada vez que estaba cerca de este hombre.

—¿Tienes otro preservativo? —murmuré.

Su respiración se entrecortaba mientras su pene bombeaba en el hueco entre mis piernas y mi coño.

—Ay, nena. —Sonó casi dolorido. Como si me necesitara tanto como yo a él—. ¿Quieres volver a cabalgar a tu vaquero?

Dios, su gruñido ronco fue mi perdición.

—Ajá.

—Dos segundos. —Me besó el cuello—. No te muevas. —Salió de la cama y se lanzó a por sus jeans en el suelo.

Me quité las mantas de las piernas, que ya me daban mucho calor. Normalmente no dormía desnuda, así que ahora las sensaciones eran aún mayores. Mi piel acariciada por sábanas de un número ridículo de hilos. Nada entre las piernas que absorbiera la resbaladiza miel que Johnny dejaba escapar.

Volvió a subirse a la cama con un paquete de preservativos ya abierto.

—Espera, espera. —Me incorporé.

Al instante controló sus movimientos y me miró a los ojos. Este tipo se tomaba en serio lo del consentimiento, lo que me hacía sentir segura con él.

Sonreí, le quité el preservativo de la mano y señalé la cama.

—Acuéstate, vaquero.

Me dedicó una sonrisa lenta y perezosa e hizo lo que le ordené, apoyando las manos detrás de la cabeza y recreando la imagen perfecta del reposo de un calendario vaquero. Era mi Septiembre.

Froté los labios mientras observaba su hermoso cuerpo desnudo. Era puro músculo, piel bronceada y el pecho lleno de rizos oscuros que hacían juego con el pelo de su cabeza. Era guapísimo.

Me senté a horcajadas sobre sus muslos, deseosa de explorar. Dejé el preservativo a su lado y le pasé las manos por los pectorales. Se le endurecían los pezones cuando los tocaba. Me incliné y pasé la lengua por ellos como él había hecho con los míos.

Gimió.

—Me estás matando, nena. ¿Cómo puedes estar tan deliciosa?

Me reí. Él me hacía sentir hermosa. Todo era demasiado fantástico para creerlo.

No quería que esto acabara, pero Dios sabía que me merecía este último polvo como Lyssa.

Le pasé las yemas de los dedos por los abdominales y seguí el rastro de gloria hasta su verga. Estaba gruesa y dura para mí, reclamando mi atención.

Se la di.

Agarré la base y acaricié lentamente hasta la punta mientras lo miraba fijamente.

—Agárramela más duro —me ordenó.

Hice lo que quería y gimió.

Sus ojos captaban la luz y parecían más dorados que marrones. Lo miré fijamente mientras bajaba la boca hasta la cabeza de su pene. Le enseñé la lengua, pero frotando encima de él para provocarlo.

Una gota de líquido preseminal le goteó de la hendidura y la lamí con la lengua.

—Mmm —gemí al percibir el sabor salado.

Johnny ya no era la viva imagen de un vaquero de revista. Estaba apretando la almohada con los puños a cada lado de su cabeza.

—Demonios, Lyssa —gruñó—. Me estoy muriendo.

—¿Qué necesitas, vaquero? —ronroneé, recompensándole con una lenta lamida alrededor de la cabeza.

—Eso —gruñó—. Pero...

—Pero ¿qué? —Le pasé la punta de la lengua por debajo de la verga.

Se pasó una mano por los ojos, como si verme fuera demasiado.

—Pero me cuesta contenerme, cielo. Quiero ponerte boca arriba y follarte hasta que se rompa la cama.

Se me escapó una carcajada de sorpresa. Vaya. Eso fue gráfico y sensual.

Muy sensual. Ningún chico había querido romper una cama conmigo.

—Pero entonces te perderías esto. —Puse su pene en la boca y bajé la cabeza para meterlo hasta el fondo de la garganta.

No sabía cómo llevármelo hasta el fondo de la garganta. Lyssa me lo había explicado, pero sinceramente no había tenido suficiente práctica para aprender a no atragantarme, así que procedí a metérmelo en la mejilla.

Le encantó. Agitaba las manos cerca de su cabeza mientras sus muslos se tensaban y temblaban. Las pelotas se le tensaron.

Al principio fui despacio, moviendo la cabeza arriba y abajo sobre su pene, apretando el puño en la base para que sintiera que me lo metía entera en la boca. Otro consejo de Lyssa, por supuesto. Luego aceleré el ritmo, apretando fuerte y chupando con fuerza, ordeñando literalmente su pene hasta sacarle el semen.

—Lyssa... Demonios, Lyssa.

Me quedé quieta por un momento. Escuchar el nombre de mi hermana salir de sus labios creó en mí un tumulto de reacciones encontradas. Una parte se animó, metiéndome más en la falsa personalidad. Me permitió dejarme llevar y ser salvaje.

Pero también odiaba que me llamara con el nombre de ella. Quería oír mi nombre salir de sus labios. Mi nombre pronunciado con esa necesidad desgarrada. Ese afán desesperado y tenso.

Cuando le toqué los huevos con la mano desocupada y empecé a masajearlos, Johnny se volvió loco.

—Puta vida.

El sonido de la tela rasgándose me hizo saltar de su verga, y me encontré con plumas volando por todas las esquinas del dormitorio.

Literalmente, había partido en dos la almohada que tenía detrás de la cabeza.

—¡Dios mío! —Me reí sorprendida cuando una o dos plumas me rozaron la cara.

—Mierda. Lo siento. —Se apoyó en los codos—. Te dije que no podía soportarlo. Estás demasiado rica, cielo. Nunca había sentido algo así.

Algo tímido, asustado y vulnerable dentro de mí se quedó quieto.

No la parte que finge ser Lyssa, sino la verdadera yo. Emma. Me encantó que dijera eso, pero creía que yo era Lyssa. Que esta conexión entre nosotros era entre él, que era tan real, y una versión falsa de mí, una mentira. Pero mis sentimientos eran todos míos. No podía fingirlos.

—Yo tampoco —susurré.

—Por favor, déjame follarte ahora, cielo, o voy a destrozar toda esta cama esperando.

Volví a reírme y cogí el preservativo. Como me costó ponérselo, me ayudó y giró nuestros cuerpos para ponerme boca arriba y quedar él sobre mí.

Acomodó parte de su peso sobre mí y me sentí protegida y dominada.

—¿Estás bien si conduzco yo, cariño? Voy a morir si no me meto dentro de ti ahora mismo.

Todo lo que decía también me ponía a mí al borde del abismo.

Aun así, esperó mi permiso.

Asentí con la cabeza.

—Mierda, gracias, cariño. —Me levantó las rodillas y se colocó entre ellas, alineando su verga enfundada con mi entrada—. Normalmente, me tomaría mi tiempo contigo, pero puedo oler lo preparada que estás para mí, y he perdido el control. —Frotó la cabeza de su verga en mi raja, separando mis pliegues.

—¿Puedes olerme? —Ay, Dios, ¿qué significaba eso? ¿Le daba asco? No parecía asqueado, pero tal vez debería haberme duchado primero.

Se relajó.

—Digo, sentir. ¿Viste? Me tienes confundido. —Su sonrisa me demolió.

Este hombre era letalmente sensual.

—¿Sientes dolor por lo de anoche?

Me retorcí para llevarlo más adentro.

—Un poco. Pero no pares. Se siente tan rico.

Me encantaba que me abriera y me llenara. Me generaba algo existencialmente satisfactorio, era como si toda mi vida hubiera estado esperando tener sexo con este hombre y solo con este hombre.

Pero eso fue una locura.

—Lyssa —gimió, entrando hasta el fondo y retirándose lentamente.

Esta vez no quería oír su nombre. En lugar de hacerme sentir atrevida y desinhibida, me hizo sentir como una mentira, que, aunque estábamos desnudos, no había nada entre nosotros excepto la verdad.

Enganché mis tobillos alrededor de su espalda y usé mis piernas para acercarlo.

—Diablos —murmuró—. Mierda, cielo.

Eso estuvo mejor. Me gustaba el «cielo» mucho más que —Lyssa» en este momento.

Lo empujé más deprisa. Sus ojos aún parecían dorados, a pesar de que era imposible que le estuvieran pegando la luz ahora mismo.

Dios, era hermoso.

Gruñó.

—Todavía estoy muriendo, nena.

—Dame más —le incité, recordando su amenaza de romper la cama—. Dame todo lo que tengas.

Emitió un extraño gruñido —casi como el de un león o un oso— y se abalanzó sobre mí.

—Lo siento —jadeó, apoyando una mano en el cabecero mientras sus caderas se movían para penetrarme con fuerza—. Avísame si es demasiado.

No pude responder, estaba demasiado ocupada adaptándome a la intensidad, a su tamaño y a la fuerza con la que empujaba.

—¿Lo prometes, cariño?

—Lo prometo —jadeé, usando las manos sobre la cabeza para apoyarme en el cabecero de la cama.

Maldita sea, era considerado. ¿Qué hombre se preocupaba tanto? ¿Qué hombre se apasionaba tanto?

Este hombre era increíble. Era uno en un millón.

Al mismo tiempo, celebré mi breve etapa como la afortunada Lyssa y lamenté que fuera a terminar probablemente tan pronto como él se corriera.

Siguió bombeando, con la respiración acelerada y la cara contorsionada por el placer.

—Lo siento —jadeó—. Siento que esto sea tan corto. Es que...

Se lamió el pulgar y lo llevó a mi clítoris.

Nada más ese pequeño contacto y chillé en cuanto un orgasmo me desgarró. Mis músculos internos se contrajeron. Mis muslos se aferraron a su cintura.

Se corrió con un estremecimiento salvaje que hizo temblar la cama. Mi orgasmo continuó, palpitando, apretándome y volviéndome del revés mientras él bajaba su cuerpo para cubrir el mío y enterraba su cara en mi cuello.

—Mi amor. —Sus besos fueron como disculpas—.

Siento mucho que haya durado poco. He perdido totalmente el control.

Me tumbé flácida, repleta y húmeda en la cama.

—No, estoy bien. Estuvo muy rico.

—¿En serio? —Levantó la cabeza para analizar mi cara.

Alargué la mano para pasarla por su barba corta.

—Qué bueno.

Una lenta sonrisa se dibujó en su rostro.

—Vente conmigo —dijo—. Vente al Rancho Wolf.

Mis cejas se alzaron.

—¿Qué? No...

Empecé a decir que no podía, pero me contuve.

¿Por qué no?

Este trabajo ni siquiera era mío. Yo ni siquiera era Lyssa. Ella era la que había abandonado su puesto en este rancho por un hombre y por Ibiza. Si ella podía hacerlo, mierda, ¿quién decía que yo no?

Además, ahora yo era Lyssa, y mira qué bien me estaba saliendo.

Así que si me hacía la pregunta: ¿Qué haría Lyssa? La respuesta era obvia.

Lyssa se quedaría sin dudarlo con el Vaquero Delicioso. Ni de coña renunciaría a la oportunidad de tener más orgasmos que hicieran temblar la Tierra para ser la niña buena y quedarse a recoger el correo en el rancho de un multimillonario. Ella no lo hizo. Yo tampoco debería.

Cogería el toro por los cuernos. Cobraría su sueldo por no hacer nada y además se iría de juerga con un sultán.

Así que, sí. Podía hacerlo. Era una irresponsable y una locura, pero también lo fue dejar entrar a este hombre en la mansión ayer, y mira lo bien que me había salido.

Ahora mismo era la afortunada Lyssa, la gemela que sabía divertirse, la gemela que nunca dudaba, que se ponía a sí misma en primer lugar y a la que todo se le ponía en bandeja de plata.

Sonreí al ver a mi vaquero delicioso.

—Me encantaría.

11

JOHNNY

A LA MEDIA hora de viaje, Lyssa se quedó dormida con la cabeza inclinada hacia un lado. Mi lobo se jactó de que me la había follado hasta el cansancio, pues eso era exactamente lo que había hecho. La única razón por la que yo no estaba en el quinto sueño era que mi lobo estaba tan eufórico por haber encontrado a nuestra compañera y por traerla a casa. Bajé el volumen de la radio y disfruté de la paz de tenerla conmigo mientras tomaba las siempre tranquilas carreteras alternas.

Lyssa había empacado una bolsa rápida para pasar la noche. Quería decirle que metiera todas sus cosas en la maleta, pero me pareció que sería demasiado.

Cuando le pregunté: —¿Estás segura de que no necesitas nada más?», dudó y, sonrojada, sacó una caja de cartón de debajo de la cama.

—¿Qué es eso? —le pregunté, quitándoselo para que no tuviera que cargar con nada—. ¡Ole! —La parte superior de la caja estaba abierta y se veía llena de juguetes sexuales nuevos. Había consoladores, esposas acolchadas, una paleta de cuero y más.

Mi lobo celebró que no estuvieran destapados. Nadie más había usado esos juguetes con nuestra compañera.

—Sí —dijo, y luego se encogió de hombros, dando a entender que tenía un montón de juguetes sexuales debajo de la cama y que había decidido compartirlos. Eso significaba que quería usarlos. Conmigo.

Maldición, sí.

—A Lyssa le gustan las cosas pervertidas —dijo, hablando de sí misma en tercera persona.

—Entonces a mí también me gusta pervertido —le dije guiñándole un ojo.

Maldición. Moría de ganas por usar esos juguetes con ella y de hacer de todo.

Cuando pasé por debajo del arco del Rancho Wolf, suspiré de alivio.

Poniendo una mano en el muslo de Lyssa, murmuré:

—Despierta, cielo.

¡Sí! Tenía a mi compañera y estábamos en casa. Mi lobo se tranquilizó al saber que estaba a salvo aquí. No saber dónde estaba Chapman nos ponía inquietos a mí y a mi lobo. Ella trabajaba para ese tonto. Seguramente no sabía que era un cambiaformas, mucho menos sabría que él secuestraba hembras y las traficaba. En este rancho no le pasaría nada. Era mi trabajo como ejecutor mantener a toda la manada a salvo, y era mi trabajo como compañero garantizar que estuviera protegida y feliz. Esa combinación significaba que hacía ver un poco intenso al respecto.

Quería enseñarle el barracón. Maldición, quería mostrarle mi cama. Nuestra cama.

Lo primero, sin embargo, sería presentarle a Rob.

Ella era la razón por la que no me estaba comunicando con él como debía. Además, era humana y no sabía nada sobre los cambiaformas. La única forma de que él no me arrancara la cabeza —figurativa y tal vez literalmente— era que ella fuera mi compañera. Había visto a todos los hombres involucrados con el rancho hacer estupidez tras otra cuando encontraban a sus parejas. Incluido el mismísimo Rob.

No obstante, le temía la ira de mi alfa, pero al mismo tiempo sentía que importaba menos porque Lyssa era mi compañera. MI COMPAÑERA. Ella era lo primero. Era mi prioridad. Era mi vida ahora.

Lyssa se revolvió y parpadeó. Miró a su alrededor mientras yo conducía por la larga entrada hasta la casa principal.

—¿Llegamos?

—Sí. Tengo que pasar y hablar con mi jefe. —Mi alfa—. Puedes conocerlos a todos.

Los ojos se le abrieron de par en par.

—¿Conocer a todos? ¿Quiénes son todos? No voy vestida para conocer a un montón de gente. Ni siquiera tuve la oportunidad de secarme el pelo antes de salir y...

Eso me hizo mucha gracia, pero entendía su nerviosismo.

—Les vas a encantar. Y me gusta verte el pelo así. —Alargué la mano y tiré suavemente de un grueso mechón—. Salvaje, como tú.

Se sonrojó y se bajó la visera para mirarse en el espejo. Después de revolverse un poco el pelo, parecía satisfecha, aunque a mí me parecía que estaba exactamente igual.

Aparqué al lado de la casa. Por los otros coches que había, Rob y Colton estaban aquí. Boyd también podría estar, pero casi siempre aparcaba junto al granero.

Rodeé el camión y la ayudé a bajar. Le di un beso para tranquilizarla, aunque fue más porque hacía unas horas que no rozaba sus labios con los míos.

Llamé a la puerta lateral y entré a la cocina. Si bien allí vivían Rob, Willow, Colton y Marina, también era la columna vertebral del rancho. Todos, independientemente de su función, venían a comer en la enorme mesa de la cocina. Sonaba tan obvio, pero así era como todos se conectaban.

—¡Hola! —Marina estaba parada al otro lado de la isla delante de una batidora que estaba encendida, amasando algo delicioso. La cocina olía a vainilla y café.

Marina era la pareja de Colton y hermana de Audrey, la compañera de Boyd. Y era humana. Era mucho más joven que Audrey y Colton. Más cercana a mi edad, tenía largos rizos castaños y un delicioso interés por la repostería.

—Buenos días. —Acerqué a Lyssa y le rodeé la cintura con el brazo—. Marina, te presento a Lyssa. Lyssa, ella es Marina. Está... saliendo con Colton Wolf.

Marina miró a Lyssa con calidez y curiosidad. El hecho de que dijera que —Salían» era un indicio fácil para Marina de que Lyssa no sabía nada de cambiaformas, de lo contrario habría llamado a Colton su compañera.

—¡Hola! Encantada de conocerte y qué alegría tener a otra chica por aquí. ¿Te apetece un café? Acabo de hacer una jarra.

Miré a Lyssa, que asintió, así que fui a servirnos una taza a los dos.

—¿Qué estás preparando? —le preguntó Lyssa a Marina.

—Oh, esto es para la tarta de cumpleaños de un niño de cinco años. Será de temática espacial. Luego una tarta de aniversario. —Se calló y soltó una risita—. Hago muchas tartas.

—¿Es tu negocio?

Marina asintió.

—Sí, pero no oficialmente. Solo por pedidos. No quiero abrir una tienda en el pueblo porque eso supone mucho trabajo y, bueno, me gusta estar aquí con Colton. Pero en un pueblito como Cooper Valley recibo muchos pedidos.

—Me impresionas.

Marina ladeó la cabeza.

—¿Te gustan los dulces?

Lyssa agitó la mano en el aire.

—¿A quién no?

—Johnny, ya me cae bien. —Marina me guiñó un ojo.

Le devolví una sonrisa socarrona mientras le daba una taza a Lyssa.

—¿Quieres leche o azúcar?

Ella negó con la cabeza.

—No, negro está bien.

Colton entró y besó a Marina en la sien. Llevaba jeans y camiseta, su ropa de trabajo habitual. A estas horas no sabía si acababa de llegar de trabajar o si iba de salida.

Rob y Willow les siguieron no muy lejos, oyendo la conversación. Les presenté a cada uno a Lyssa, y Rob y Willow se sirvieron café recién colado.

—Entonces, ¿dónde se conocieron Johnny y tú? —preguntó Colton. Parecía una pregunta inocente, pero sabía que todos estaban ansiosos por saber la respuesta. No habría traído a una hembra aquí a menos que fuera mi compañera, sobre todo a la casa principal.

—Eh... Ella trabaja para Mitch Chapman en su rancho.

—¿En serio? —Las cejas de Colton se alzaron, claramente había oído a su hermano hablar de él. Volvió su atención hacia Lyssa—. ¿Cuánto tiempo llevas trabajando para él?

Ella desvió la mirada.

—Pues... no mucho. Hace unos meses. Es un trabajo temporal para mí.

Sonó incómoda. También se le veía. Percibí el matiz de ansiedad que indicaba que ocultaba una mentira. Pero ¿en qué mentía?

Ah. Recordé lo que había dicho sobre su verdadera profesión y me lancé a tranquilizarla.

—Lyssa es diseñadora de efectos especiales.

—¡No me digas! —exclamó Marina—. ¿Para películas?

Lyssa asintió.

—Sí.

Me di un puñetazo mental por no saber ya la respuesta. Todavía me quedaban mil cosas por conocer sobre la mujer con la que iba a pasar el resto de mi vida: la primera, cómo hacer para convencerla de que era mía.

—Entonces, ¿para quién trabajas? —preguntó Willow—. ¿Puedes hacerlo de manera remota?

Lyssa seguía mostrándose incómoda.

—Esto... Trabajaba para una empresa en Hollywood, pero lo dejé hace poco antes de venir aquí.

Rob me lanzó una mirada.

Al igual que yo, él también notó el titubeo. Era casi como si hubiese algo que no quería compartir. Pero podría ser cualquier cosa. Tal vez la despidieron en lugar de que ella renunciara. Tal vez simplemente no le gustaba ser interrogada por mis amigos de la manada.

Tal vez todo esto iba demasiado rápido para alguien que acababa de conocer ayer. Ella creyó que estaba teniendo una aventura salvaje y yo la traigo para que conociera a la familia. Eso podría ser incómodo.

Debería sacarla de aquí. Necesitábamos conocernos fuera de las sábanas. Y dentro también.

Pero Rob estaba ahora en modo interrogatorio.

—¿Te gusta la vida de rancho? ¿Qué te tiene Mitch haciendo allí?

Los ojos de Lyssa se abrieron de par en par e hizo un movimiento brusco que acabó derramando el café por el suelo de la cocina.

—¡Ayyy! —Miró a los lados buscando una toalla.

—No te preocupes. —Cogí una de la perilla del horno y la limpié para tratar de calmarla. Mi compañera se estaba poniendo nerviosa. No quería que se arrepintiera de haber venido aquí conmigo—. Bueno, ya dejen de interrogar a mi novia.

—¿Novia? —Volvió la cara hacia la mía con una cara de sorpresa que se reflejaba en sus oscuras y bien formadas cejas.

Uy. ¿La había asustado? Al menos no había dicho «compañera».

Le dediqué una media sonrisa intentando aliviar la tensión.

—¿Cita caliente? ¿Nueva amiga? ¿Qué prefieres?

Nuestras miradas se encontraron por un buen rato y una sonrisa con más seguridad ensanchó sus mejillas.

—No sé. Quedémonos con lo de cita caliente. A Lyssa le encantan las citas calientes.

Era lindo que hablara de sí misma en tercera persona. Raro, pero lindo.

—A ver, escuchadme. —Le pasé el brazo por la cintura a Lyssa—. Voy a llevar a mi cita caliente a una cita caliente. O lo que sea. Mientras también trabajo —añadí y me quité el sombrero mirando a Rob.

—Sí, hablando de trabajo, conversemos un momento en mi despacho —dijo Rob.

Miré a Lyssa.

Willow se sentó en un taburete alto frente a la isla y le dio palmaditas al que tenía al lado mirando a Lyssa.

—Le haremos compañía.

—¿Estás bien? —pregunté para asegurarme.

Se sentó en el taburete, asintió con la cabeza y levantó la taza.

—Estará bien —prometió Marina—. Le contaremos de esa vez en la que te caíste del caballo.

Lyssa se quedó con la boca abierta.

—Es broma —le dije guiñandole un ojo—. Eso nunca sucedió.

La verdad sí me pasó cuando recién llegué. Era un granjero de una manada de Nebraska, no un vaquero. Crecí montando tractores, no caballos. Pero si eso hacía sonreír a Lyssa, no me importaba que Marina se burlara a mi costa.

Besé la parte superior de la cabeza de Lyssa —aunque fue más un gesto de novios que de cita caliente— y seguí a Rob hasta su despacho.

—Cierra la puerta. —Se acomodó en la silla de su escritorio.

Lo hice y me senté frente a él.

—Chapman se ha fugado. Ninguno de los agentes encontró rastro de él —me dijo Rob.

Me rasqué la cabeza.

—¿Podemos pedirle a Levi que lo investigue desde la policía? Que le revisen los registros de vuelo, cosas así. Si se ha ido de vacaciones a Grecia o donde fuera, sería una pérdida de tiempo continuar nuestra búsqueda.

Rob se echó hacia atrás y cruzó los brazos sobre el pecho.

—O puedes intentar sacárselo a esa novia o cita caliente tuya.

Tragué saliva.

—Entiendo, pero odio la idea de violar la confianza de Lyssa metiéndola en esto.

—Ella ya está metida en esto. ¿Cuánto tiempo lleva en ese trabajo?

Pensé en lo que me había dicho.

—Unos meses.

—¿Y qué pasó con la casera anterior?

Ayer yo me había planteado la misma pregunta, pero no le hice mucho caso. Mi lobo gruñó y apreté los brazos de la silla hasta que crujieron.

Eso significaba que Chapman contrataba mujeres para que trabajaran en el rancho, las aislaba de su familia y amigos, tal vez hasta contrataba mujeres basándose sí carecían de lo anterior, y luego las desaparecía. Hostia.

—Es una posibilidad —admitió Rob.

—Pero Lyssa es humana.

—El Consejo no ha trabajado con la policía humana en esto. Es posible que también hayan desaparecido hembras humanas. La jurisdicción del Consejo solo cubre a las cambiaformas.

—Diablos —murmuré, y me puse en pie a caminar en círculos.

—Entonces la compañera tuya.

—Sí —respondí con cautela. Nunca, desde que llegué al Rancho Wolf hace cinco años, me había puesto en contra de mi alfa. No solo porque fuera, pues eso, el alfa, sino porque tenía miedo de volver a ser desterrado si hacía algo mal.

Pero Lyssa era mi compañera, y le pasaría por encima a él por ella.

—¿Sabe de nosotros?

—Claro que no. Recién la conocí ayer.

—¿Estás seguro de que no sabe nada de los nuestros?

—No. —Extiendo las manos—. ¿Qué quieres que haga, que le pregunte si sabe que su jefe se convierte en lobo cuando no está vendiendo hembras?

—No sé. Eres un hombre listo. Seguro que se te va a ocurrir alguna forma de averiguar todo lo que sabe y lo que no.

Sentí como si una piedra se hundiera en la boca de mi estómago.

A mi lobo no le gustaba esto. Manipular o usar a mi compañera no me parecía bien.

Pero ahora era un ejecutor. Tal como un alfa, mi trabajo era proteger y defender a los débiles. Encontrar a Chapman era de máxima prioridad, aunque tuviera compañera.

Maldición, sobre todo porque tenía una compañera, porque cuanto antes eliminara cualquier amenaza hacia ella, mejor.

—Escucha, tómate un par de días fuera del rancho para centrarte en ella. Haz que se vincule contigo y averigua todo lo que puedas sobre ella, Chapman y su rancho.

Asentí con la cabeza.

—Vale.

—Haz lo que tengas que hacer. —Descruzó los brazos, se inclinó hacia delante y me dirigió una mirada mordaz—. Enamórala.

Me reí.

—Dos días es poco para enamorar a un humano, alfa.

Hizo un gesto de impaciencia.

—Lo sé, pero empieza ya. La quiero marcada lo más pronto posible.

Eso me sacó una sonrisa. Hasta sentí que un rubor me subía por el cuello.

—Tengo muchísimas ganas de marcarla.

Se rió entre dientes.

—Piensa con la cabeza por un minuto, no con la verga.

Parpadeé. ¿No quería que marcara a mi compañera? Eso implicaba tenerla debajo de mí, desnuda y retorciéndose.

—Dos días —repitió Rob—. En dos días habrá luna llena. Si para ese día no está metida de lleno, tendrás que tener cuidado de no perder el control y marcarla sin querer.

Tragué saliva. Diablos. Sí.

—¿Y si no quiere quedarse? ¿Y si no logro enamorarla? —pregunté, de repente preocupado por no ser suficiente compañero para ella. Era un asesino que había sido desterrado de mi manada y mi familia. ¿Era siquiera digno?—. Ella cree que esto es una aventura.

Rob se encogió de hombros y me miró con dureza.

—Encuentra la manera.

Diablos.

12

EMMA

Sentí la pérdida de la atenta presencia de Johnny en el momento en que salió de la cocina. Lo echaba de menos.

Vaya. ¿Cómo era posible que ya me había vuelto adicta a estar cerca de este hombre?

¿Un hombre que acababa de conocer hacía dieciséis horas?

Tendría que preguntarle a Lyssa si era así como ella se enrollaba. Yo no creía que se encariñara con ninguno de sus ligues, pues los cambiaba tan rápido como su ropa interior.

Yo debía de estar haciéndolo mal. Me dolía el coño por el sexo tan delicioso. Más bien por las embestidas de semejante verga gigante. Era grande y definitivamente sabía cómo usarla. No me quejaba. No me quejaba para nada.

Me aclaré la garganta, dándome cuenta de que me estaba distrayendo pensando en sexo delante de Marina, Willow y Colton.

—Entonces, ¿en serio Johnny se cayó de un caballo? —Me apegué a un tema neutro y fácil. Cuanto menos le preguntara sobre su trabajo a Marina, menos podría preguntarme ella sobre el mío. Más bien sobre el trabajo que no tenía.

—En serio. —Colton se rio. Ese hombre era enorme, mediría metro ochenta, lleno de músculo macizo que poco ocultaba bajo los jeans y la camiseta. Llevaba el pelo corto y oscuro, y le hacía falta afeitarse—. Tenía dieciocho años cuando se incorporó a nuestro rancho. Venía de una granja de Nebraska y no tenía mucha experiencia en ranchos. Pero era joven y fuerte y seguía bien las órdenes, así que fingió como un campeón hasta que no pudo. No nos dimos cuenta de lo novato que estaba.

—Nunca había montado a caballo —dijo Marina con esa adorable forma que tienen las parejas de completar las historias del otro.

Él le sonrió.

—Cierto. Rob le pidió que ensillara a Chester para montar, y él hizo lo que le dijeron. Era muy tonto como para hablar y decir que no sabía cómo poner una puta silla de montar.

—Oh-oh. —Apreté los labios intentando no sonreír.

—Bueno, ya sabes adónde va esto. —Colton sonrió.

Asentí con la cabeza.

—Sí, creo que sí.

—Entonces Johnny hace que parezca fácil —continuó Colton. Marina volvió a trabajar en su tarta, pero estaba escuchando. Willow sorbía tranquilamente su café—. Él nos observa a los demás e imita cada paso. Se sube sin problemas. Es joven y ágil, así que parece natural: un pie en la barandilla y el otro en la espalda de Chester. Todo bien, ¿no?

Me di cuenta de que habían contado esta historia antes, como si fuera una de sus favoritas. Mostraba la camaradería que tenían, como si Johnny no fuera solo un peón del rancho, sino un miembro más de la familia.

Dios, era tan diferente a mi trabajo en Hollywood en donde trabajaba de sol a sol, proyecto tras proyecto. Un trabajo ingrato y poco apreciado. Me encantaría tener algo así: camaradería, amabilidad, diversión, franqueza.

Ningún trabajo era satisfactorio si odiabas a la gente con la que trabajabas. Hace poco escuché una estadística en la radio que me entristeció. El cincuenta por ciento de los trabajadores no tenía ningún amigo en el trabajo. ¿Cómo era posible? Los seres humanos estamos hechos para vivir y trabajar en comunidad, para tener pueblos o tribus, para unirnos y apoyarnos mutuamente.

Así me había imaginado que sería trabajar en una

película: un grupo de personas unidas por un objetivo común.

En lugar de tener colegas que eran amigos, éramos más bien compañeros de guerra, compadeciéndonos mutuamente de lo que teníamos que hacer para sobrevivir en el trabajo. Y, para colmo, yo había sido el trapo de Stan. Pocos días fuera y ya se hacía tan obvio. Agh.

Colton no había terminado su relato.

—Arrancamos por la carretera, y él sigue bien. Sigue sujetando las riendas como se debe con los pies en los estribos.

Sonreí, me encantaba este Johnny del pasado. Encajaba con la imagen del hombre que ya conocía, al que había entrado en la mansión de Chapman y había sacado las galletas quemadas del horno y desactivó la alarma. Era el tipo de hombre que sabe hacer las cosas, que estaba ahí cuando lo necesitabas, echándote una mano con una sonrisa rompecorazones.

—Y entonces Rob vio algo, no sé, un agujero en una valla o algo así, y galopó el caballo. Johnny hace lo mismo, o lo intenta, pero nunca llegó a amarrar bien la silla. Entonces, apenas Chester empieza a galopar, toda la silla de Johnny se va de lado.

—Se agarra al cuerno de la silla, cosa que, por supuesto, no ayuda en absoluto, y de repente cae de espaldas en el suelo, ¡donde mi caballo le da una patada en la cabeza!

Me tapé la boca con una mano.

—¡Ay, no!

—Ay, sí. Pero no le pasó nada. Sabrás que ese tío tiene la cabeza dura.

Me reí.

—Tomo nota.

Johnny salió por el pasillo y me dedicó esa sonrisa tan característica que me llegó directo al coño, y me calenté desde el centro hasta el cuello. No sabía cómo me hacía sentir tan increíblemente sensual, tan digna de su atención, con solo una sonrisa.

No era una sensación a la que estuviera acostumbrada, pero cómo anhelaba que sí.

—He oído lo de Chester —le dije.

—Todo es mentira. —Johnny sonrió, se acercó a mi lado y me puso la mano en el hombro—. ¿Quieres conocerlo?

Fruncí el ceño.

—¿A quién, a Chester?

Se rió entre dientes.

—Sí. Ahora somos mejores amigos.

Me bajé del taburete y dejé la taza en el fregadero.

—Me encantaría conocer a Chester.

Uau. Otra aventura. No era Ibiza, pero estaba con mi vaquero delicioso haciendo cosas nuevas. No estaba atrapada en un cubículo siendo explotada durante la mayor parte de las horas del día.

Después de despedirme de Willow, Colton y Marina, Johnny me tendió el brazo y yo se lo pasé por debajo, permitiéndole que llevara hacia las afueras del rancho por el camino de grava.

—¿Sabes montar a caballo? —Las yemas de sus dedos se posaron ligeramente en la parte baja de mi espalda, una sensación que me encantó.

—¿Yo? —chillé—. No. Te digo desde ya que no sé cómo poner una silla de montar en un caballo.

Johnny se rio.

—Entiendo. Pero trabajas en un rancho. ¿No tiene Mitch caballos?

—Ah. Eh... sabes, no sé muy bien, pero definitiva-mente no me contrataron para montar. —Mi voz subió de tono. Mentir se me daba fatal.

Johnny se frotó la frente bajo el sombrero.

—Está bien —reconoció mi mentira—. No tienes que contarme los detalles del rancho. ¿Mitch te ha hecho firmar un acuerdo de confidencialidad sobre sus nego-cios o algo así?

Sorprendida, lo miré. Esa sería sin duda una razón por la que no respondía a las preguntas, pero dudaba que si la propiedad tuviese caballos entrara en ese tipo de documento.

Me observó.

Negué con la cabeza. No tuve más remedio que contestar.

—No, no es eso. Es que, sinceramente, no conozco

sus negocios. Me da un poco de vergüenza, pero lo único que hago es recoger el correo y llevar las entregas —admití—. Es un trabajo bastante tranquilo, la verdad.

Lo era, y odiaba a Lyssa por buscarse esos arreglos, sobre todo si incluían escaparse a Ibiza en medio de ellos. Podrían despedirla por abandonar su trabajo, pero en poco tiempo se recuperaría y encontraría otra cosa.

—¿Cómo acabaste allí?

—Oh. —Más mentiras. No me gustaba mentirle a Johnny. ¿Y era realmente necesario?

Probablemente no.

Pero había empezado todo esto fingiendo ser Lyssa, y sería muy incómodo explicar que no era ella.

Por cierto, en realidad no me llamo Lyssa, como me llamaste cuando te corriste dentro de mí anoche y esta mañana. ¡Ups!

Además, asumir su nombre, trabajo y persona me prestaba la confianza, el poder personal y la valentía que Lyssa encarnaba. Mira a dónde me llevó: con tío bueno, sexo caliente, y un rancho guay lleno de gente guay.

No quería volver a ser la vieja y aburrida Emma.

Todavía no.

Mucho menos cuando Johnny me miraba como lo hacía. ¿Cuándo más iba a tener una oportunidad como esta? De explorar mi lado salvaje no desarrollado, de tener una aventura con un hombre que acababa de conocer, de seguir a un vaquero delicioso a su rancho solo para echar un polvo unas cuantas veces más.

Era un sueño hecho realidad y no quería que terminara.

—El trabajo me cayó como anillo al dedo —dije con timidez—. Mi hermana me lo encontró. Acababa de dejar mi trabajo en Hollywood y necesitaba un lugar donde estar por un tiempo.

Todo eso era cierto.

—Bonito. Cuando ellos pierden, tú ganas. —Me guiñó un ojo y me llevó por las puertas de madera abiertas hasta un gran establo. Era espacioso y limpio y olía a heno fresco.

Una docena de caballos llenaban los establos. Johnny me llevó hacia un semental negro y otro gris, aunque no sabía si esas descripciones eran adecuadas. De niña leí muchos libros divertidos de ficción sobre caballos y de ahí saqué lo que sé sobre los animales.

—Este es Chester. Yo le llamo Chester Chesterfield.

Como era de esperar, Chester era un semental castaño, un hermoso caballo marrón rojizo con la cola y las crines del mismo color y una estrella blanca en la frente. El caballo dio un respingo y levantó el hocico hacia Johnny a modo de saludo.

—Hola, Chester. —No estiré la mano para acariciarlo, me sentía muy intimidad.

Vaya que era grande. No podía creer que Johnny se cayera de un animal tan grande. ¡Y otro le pateó la cabeza!

Johnny extendió la mano, le frotó la frente al caballo y murmuró con voz profunda y tranquilizadora.

—Hola, amigo. ¿Cómo estás? ¿Te ha dado comida Colton esta mañana? Siento no haber estado aquí.

Se me apretó el pecho. Escuchar a Johnny hablar con su caballo era demasiado dulce. Si hubiera tenido alguna duda sobre su carácter —que no la tenía—, ahora ya no quedaría nada.

Me sonrió.

—Lo puedes acariciar.

Respiré profundo. No debería tener miedo. Supuestamente trabajaba en un rancho. Lyssa no se asustaría. Extendí la mano y froté suavemente la estrella blanca de la frente del caballo.

—¿Quieres ir a dar un paseo?

Abrí los ojos de par en par. ¿Un paseo?

—¿Yo?

Johnny se rio.

—No le estaba preguntando a Chester. —Se inclinó cerca de mi oído—. Puedo pensar en otro tipo de cabalgatas si quieres hacer eso más bien.

Me estremecí, y mi vagina se apretó, al escuchar semejante propuesta alternativa.

—¿Qué te parece si primero montamos a caballo y después me montas a mí?

—Vale —susurré, gustándome esa idea—. Pero ¿cómo así que caballos? ¿Yo sola?

Negó con la cabeza.

—No, tontita, conmigo. Puedes montar a Chester, y yo montaré a Montague.

Era solo un caballo. La gente montaba a caballo todos los días. Y Johnny no me subiría a un animal que podría ser peligroso para mí o al revés. Definitivamente no quería lastimar al precioso caballo por más grande que fuera.

—Eh, ok.

Yo era Lyssa, ¿verdad? Valiente, divertida, un poco bizarra. Sería una cabalgata y luego otra.

—Vale. —Johnny me dedicó una sonrisa y abrió la puerta de la caseta de Chester.

Me aparté y apoyé la espalda contra la pared del fondo para dejarles espacio. Mi móvil zumbó y lo saqué del bolsillo. Era un mensaje de texto de Stan.

Llámame. No te guardo rencor por que te hayas ido. Tengo otro proyecto que discutir contigo. Habría un gran aumento.

—¿Todo bien? —preguntó Johnny.

—Sí, es mi jefe.

—Me miró con los ojos entrecerrados.

—Bueno, mi ex jefe, el de L.A. Stan.

Johnny asintió mientras yo apartaba el móvil. Hace unos días, habría aprovechado la oportunidad que Stan me ofrecía. Echaba de menos tener un propósito, saber qué era lo que debía hacer, ser la chica buena, complacer a mi jefe. Casi que quería saber cuál era ese nuevo proyecto tenía en mente, conseguir por fin ese aumento. Pero eso sería muy de la vieja Emma encogiéndose de nuevo en lo que ya conocía, y yo estaba haciendo el papel de Lyssa.

Ahora lo que quería era cabalgar un caballo y luego cabalgar a un vaquero sensual.

13

JOHNNY

Lyssa no se sentía cómoda en una silla de montar. Se agarraba fuerte a las riendas, con los brazos y los hombros tensos. Debía de dolerle el culo por como iba en lugar de que su cuerpo se moviera al paso de Chestnut.

No se quejó. De hecho, parecía que lo disfrutaba. Le brillaba la cara cual niño en Navidad, emocionada por algo nuevo, quizás algo que ni siquiera sabía que quería.

No obstante, no podía llevarla a dar una vuelta por el rancho y ya estaba, tenía que hacer algo especial. También la quería toda para mí. Aún no habíamos llegado al barracón, donde teníamos intimidad, pero, aunque yo era el único que vivía allí, mi dormitorio era lo único que me pertenecía verdad. Cualquiera podía entrar en la sala común, usar una de las duchas y hasta dormir en uno de los dormitorios vacíos.

Así que sería codicioso y me aseguraría de que fuera mía y solo mía durante un poco más de tiempo llevándola a la piscina secreta de la propiedad de Natalie y Rand. Eran parte de la manada, lo que significaba que el lugar era solo para nosotros, sin lugareños. Completa privacidad.

Cuando lo alcancé a ver, hice que Montague parara. Extendí la mano y le quité las riendas de Chestnut a Lyssa, ya que no estaba seguro de que supiera que para frenar había que tirar hacia atrás.

—¿Qué es esto? —Sus ojos recorrieron todo lo que tenía delante.

—Son aguas termales.

Su cabeza giró hacia la mía, el pelo resbalándole por los hombros.

—¡¿Unas aguas termales?! ¿En serio?

Asentí con la cabeza y me bajé de Montague, dando la vuelta para alzar a Lyssa con las manos en su cintura. La deslicé por mi cuerpo, disfrutando de sus suaves curvas mientras caía de pie.

Nuestros ojos se cruzaron y ella se lamió los labios carnosos.

—¿Estás bien? —pregunté antes de soltarla, asegurándome de que sus piernas la aguantarían después de nuestro paseo.

Ella asintió y yo di un paso atrás, soltando las riendas.

Montague y Chestnut no se alejarían con toda la hierba que tenían cerca para masticar.

—¿Te has bañado desnuda?

Sus ojos se abrieron de par en par y luego vagaron frenéticamente.

—Eh, no. Mi hermana sí, pero a mí me dio demasiada vergüenza.

Recorrí con la mirada cada centímetro suyo.

—No tienes nada de qué avergonzarte, cielo.

La cogí de la mano y la llevé por el estrecho sendero. Estábamos más arriba en la ladera de la montaña, llena de rocas pequeñas, arbustos ralos y hasta algunos álamos que daban sombra. Era realmente precioso.

—Recuerdo la primera vez que vine aquí —dije—. Me encantó. Ahora puedo compartirlo contigo. —Vaya, ¿había sido demasiado?—. Y tener nuestra cita caliente —añadí con un guiño.

—Literalmente. —Cuando fruncí el ceño, confundido, ella añadió—: Aguas termales calientes.

—¡Bien! Cita caliente en las aguas calientes con la mujer más bella de Montana.

Me detuve al borde del manantial, aunque sin tocar el agua y sabiendo lo caliente que estaba, parecía un simple estanque.

—El agua fresca viene por la cascada, así que está bastante fría. —Señalé hacia el otro lado del estanque—.

El agua caliente del manantial viene del subsuelo y llega al estanque desde allí. El agua está muy caliente de ese lado, así que tenemos que mantenernos alejados. Todo se mezcla para que esté bien aquí.

—Es tan bonito —murmuró, sin dejar de mirarlo como si se tratara de otro regalo navideño.

Soltándole la mano, me saqué la camiseta.

—Vamos a nadar.

Se quedó mirando mientras me desnudaba. No era tímido con mi cuerpo. Ningún cambiaformas lo era. Pero apreciaba que me admirara así. Me metí en el agua, cada vez más profundo, hasta que me hundí hasta los hombros.

—Vente, cielo. Siente el agua. Está riquísima.

Caminó hasta el borde del agua, se puso en cuclillas y metió la punta de los dedos.

—¡Está tan caliente!

—No dejaré que te dé frío.

Era un día cálido, pero por la noche se refrescaba. Si esto no fueran aguas termales calientes, no la dejaría nadar. Estaba demasiado lejos del rancho para mojarse y pasar frío, por mucho calor que le diera mientras espantábamos a los peces.

Moví las manos de un lado a otro sobre la superficie del agua mientras la veía decidirse. Saldría, la desnudaría y la arrojaría al agua, pero sería más divertido si viniese por voluntad propia. De un segundo a otro, parecía como si estuviera decidida, como si se atreviera a ser audaz y desenfrenada.

De repente me olvidé de todo porque mi compañera se estaba quitando la ropa. Cada pieza. Bajo el sol. La verga se me puso dura al instante, y cuando se metió al agua, no pude hacer otra cosa que acercarme a ella, tomarla en mis brazos, y guiarla, para que envolviera sus brazos y piernas a mi alrededor.

Su larga cabellera oscura se esparció por toda la superficie del agua.

—Eres tan preciosa —murmuré y luego la besé—. Una vez traje aquí a mi hermana con sus hijos. —Sonreí, pensando en todo el ruido que hacían los cabroncetes, quienes seguramente espantaban a la fauna salvaje hasta a un kilómetro a la redonda.

Sus ojos oscuros miraron fijamente los míos.

—Pero me gusta más esto —admití. Nada era mejor que estar con ella.

—Por favor, dime que no te has bañado desnudo con ellos.

Hice una mueca.

—Hermana. Traje a mi hermana. No, diablos. Pero los niños seguro que sí. ¿Qué es más divertido que correr desnudo al aire libre?

Sonrió y desvió la mirada.

—Nunca he salido desnuda, así que no sabría decirte.

—¿Así? —pregunté, un poco sorprendido. Parecía

dispuesta a todo—. ¿Como desnuda aquí conmigo?

Asintió.

—Entonces esto es solo el principio.

Echó la cabeza hacia atrás y se rio.

—No voy a correr desnuda por el bosque. No soy...

Fruncí el ceño al quedarse callada.

—¿No eres qué? ¿Muy alta?

Frunció el ceño.

—¿Cómo? ¿Muy alta? ¿Qué tiene eso que ver con correr desnuda?

Me encogí de hombros mientras recorría su espalda desnuda con la mano. Mi verga se movió entre sus nalgas y pude sentir el calor de su vagina en mi vientre.

—Nada. ¿Entonces no eres qué?

Se mordió el labio.

—Yo no soy como mi hermana. Ella es la atrevida.

Sonreí.

—Sí, el mío también. Intentamos ver si podíamos igualar el récord mundial de perritos calientes, que consiste en comerse ochenta más o menos, con el pan y todo. Simi llegó a diez. Yo llegué a seis y vomité. No me como un perrito caliente desde entonces.

Se mordió el labio intentando no reírse.

—¿Y Simi?

—Se comió el postre justo después. ¿Crees eso? Estómago de hierro fundido.

Ahora se rio.

—Háblame de tu hermana —insistí. Al parecer,

como los dos teníamos hermanos, era algo que teníamos en común y de lo que podíamos compadecernos juntos.

Abrió los ojos de golpe durante un segundo, luego se calmó.

—Bueno, ella es mayor. Cuando yo estudiaba, ella se iba de fiesta. Cuando yo trabajaba, ella se iba adonde la llevara el viento.

Besé la punta de su nariz.

—Suena como un diente de león.

Lyssa sonrió.

—En cierto modo. Va hacia donde el viento la lleve.

—¿Dónde está ahora?

—En Ibiza.

—Vaya. Ya entiendo lo que quieres decir.

—Yo no soy como ella. —Me miró a los ojos como si no estuviera segura de sí misma.

—¿Quién es como sus hermanos? Yo no soy como Simi, eso te lo aseguro. Conociste a Colton y a Rob. Tienen un hermano, Boyd. Esos tres hermanos Wolf no se parecen en nada.

Seguía algo apagada. Como estaba cachondo y ella estaba desnuda apretada contra mí, retiré las manos que la rodeaban y bajé una para acariciarle el coño.

—Me gustas, Lyssa. Tal como eres.

Se sonrojó, apartó la mirada y luego sus ojos se cerraron mientras le metía un dedo, con mucha facilidad porque ya estaba mojada para mí.

—J —susurró.

Demonios, cuando me llamaba así, me encantaba. Más aún con esa voz suave y excitada. Nadie lo había hecho. Le acaricié el lado del cuello mientras la follaba con los dedos. A medida que ella se acercaba al orgasmo, yo me acercaba a morderla. Marcándola en la unión de su cuello y hombro.

Sería fácil. Estaba justo ahí. Pero quería, más bien necesitaba, que Lyssa lo supiera todo sobre mí antes de hacerlo. Quería que supiera quien era por dentro y por fuera y que quisiera que la marcara. Que fuera mía para siempre.

Porque hasta que no conociera cada rincón oscuro de mi alma, existía la posibilidad de que se alejara.

Así que, en lugar de hundir mis dientes en su piel sedosa, le saqué mi dedo, moví sus caderas y hundí mi verga hasta el fondo. No había nada entre nosotros. La iba a hacer mía sin nada, y sus paredes estaban tan resbaladizas, tan calientes, que no iba a durar.

Cuando gritó mi nombre y resonó por las rocas, la tomé con fuerza y rapidez. Podía satisfacer su cuerpo, darle todos los orgasmos que ansiaba. La follaría hasta hacerla mía para siempre.

Eso funcionaría, ¿verdad?

14

EMMA

Me tumbé en una roca, desnuda, tomando el sol.

Muérete de envidia, Lyssa. Resultó que yo también podía ser atrevida y desinhibida. Al menos cuando fingía ser mi gemela.

Johnny me había dado su camiseta para que la usara como toalla cuando salimos de la piscina. Qué encanto. Este chico era todo un caballero. Estábamos tumbados en una roca plana en lo alto de la cascada, mirando la piscina en la que acabábamos de hacer el amor.

Estaba viviendo una especie de fantasía loca.

—Olvidé preguntar cuando te secuestré —preguntó Johnny con voz baja y perezosa—. ¿Cuánto tiempo tenemos antes de que tenga que llevarte de vuelta al rancho?

Me incorporé y mi mano voló para alcanzar mi camiseta y cubrirme. Dios, ¿estaba intentando deshacerse de mí? Debería irme de aquí.

Johnny apartó mi ropa fuera de mi alcance.

—A ver, a ver, cielo. ¿A dónde crees que vas? Eso no fue una indirecta. Fue lo opuesto a una indirecta.

Mi cara se calentó y desvié la mirada hacia su mano con la que sujetaba mi ropa fuera de mi alcance. Solté una carcajada avergonzada, por haber sacado conclusiones precipitadas de que no me quería. O que tal vez había cambiado de opinión sobre mí.

—Todavía necesito ver a Chapman, así que pensé en llevarte cuando esté en casa. Pero no tengo prisa. De hecho, me alegraría que no viniera hasta el año que viene. —Me dedicó su candente sonrisa de medio lado.

Las mariposas volaron en mi vientre. Era tan guapo que te desmayas. Y tan considerado.

—¿Cuándo esperas que vuelva? —me preguntó.

Parpadeé, demasiado concentrada en lo definidos que tenía los abdominales, tanto que podría escalarlos.

—¿Qué? Eh...

Ostras. ¿Cuándo volvía Chapman? Lyssa dio a entender que casi nunca venía.

—No lo sé...

Johnny me observó.

—¿Y si lo llamas para verificar?

Jolín. ¿Notaría que estaba mintiendo? Era verdad, no lo sabía, pero eso era porque yo era una farsa total. Así que seguía siendo una mentira. Ya me había pillado mintiendo. Tendría que estar dándose cuenta cada vez que intentaba ser cautelosa.

Intenté recordar lo que había dicho Lyssa. Había visto a su jefe hacía un par de semanas, y probablemente no volvería hasta dentro de unas dos semanas más.

—Creo que tal vez en una semana o dos. Puedo intentar llamarlo para saber.

¡No sabía ni su número de teléfono! Iba a tener que fingir una llamada. Mi conciencia se sentía mal por hacerle eso a Johnny, pero me había metido de lleno en esta mentira.

Johnny arqueó las cejas.

—¿Puedo tenerte por una semana o dos, o tienes que estar allí para recoger el correo? ¿Te parece si lo redondeamos a un mes?

Me reí con un calor que me llenaba el pecho.

—Pero me encantaría que indagaras más lo de Chapman. Rob necesita que arregle algunos asuntos del rancho con él, y odiaría que perdieras tu trabajo.

—¿has intentado llamar? —pregunté. Estaba segura de que tenían su número.

Johnny se frotó la frente.

—Sí y no ha contestado. Por eso he conducido hasta allí. Esperaba encontrármelo de frente para resolver las cosas. Pero quizá contestaría tus llamadas, ya que eres su empleada.

Resolver cosas. Ja. Me preguntaba qué clase de rancho tenía el jefe de Lyssa. Había ganado y espacios abiertos amplios, y Lyssa dijo que a veces había vaqueros en el establo. Allí se hacían verdaderas cosas de rancho, pero también todo era ostentación y glamour. Sabía por mi trabajado en Hollywood que muchas veces eso podía ser puro espectáculo sin ningún capital o valor neto real detrás. No, ese lugar gritaba dinero. Nada más el terreno sería... decenas de millones.

—¿Te debe dinero o algo...? —le pregunté—. ¿Te ha robado vacas?

Johnny cogió su sombrero y se lo llevó a la cabeza como si quisiera taparse los ojos.

—Algo así. Pero es asunto de Rob, así que no puedo hablar de ello.

Se me escapó una risita. Ups.

—Lo siento.

—No, no, no. —Volvió a quitarse el sombrero—. No lo sientas. Demonios, yo lo siento. ¿Soné como un tonto?

—No. —El corazón me latió como si acabáramos de pelearnos, pero no fue así. Algo olía raro. Lo percibía, pero no sabía qué. Rob era el dueño del Rancho Wolf, el cual era bastante grande. Yo diría que incluso más de un rancho de trabajo que el de Chapman. Era un hombre ocupado, así que envió a uno de sus peones a que se ocupara de los negocios.

Pero ¿por qué era secreto? O, ¿cuál era el secreto que guardaban? ¿O era solo yo la que no podía saber? ¿Importaba? Fuera lo que fuese, ocurrió antes de que Johnny me conociera. Realmente no era asunto mío.

—¿Querrás intentar llamarlo por mí? —preguntó.

Tragué saliva y asentí con la cabeza. Fingí que buscaba un número en el móvil y me lo acerqué a la oreja. Al cabo de un minuto, colgué el teléfono y dije:

—No contesta.

Sonrió.

—Bueno, eso es bueno para mí entonces. Me quedaré contigo hasta que vuelva —me dijo—. Está decidido.

Sonreí con aquellos aleteos de nervios revoloteando de nuevo en mi pecho.

—¿Te quedarás conmigo?

Asintió con la cabeza.

—Sí. Eres mía, pero tú todavía no lo sabes.

Hice un círculo con la mano en el aire.

—Pensé que esto entraba en la categoría de cita caliente.

Su sonrisa vaciló.

—Ah, sí. Eso dijimos. ¿Puedo cambiar las reglas? —Me alzó y, de alguna manera, era tan fuerte como para levantarme sin arrastrar mi culo por la roca hasta sentarme en su regazo.

—Dios, eres fuerte. —Me reí.

Flexionó sus bíceps para mí.

—Trabajo de rancho.

Sin querer tocar la conversación sobre si se trataba de una cita caliente o si se quería quedarse conmigo, redirigí la conversación.

—Marina y Colton han dicho que viniste aquí cuando tenías apenas dieciocho años.

Me rodeó la cintura con los brazos y me mordisqueó el brazo.

—Es verdad.

—¿Por qué? ¿Cómo conseguiste el trabajo? ¿Qué te hizo querer trabajar en un rancho?

Se puso un poco rígido. Lo suficiente para hacerme girar sobre su regazo y sentarme de lado con el brazo alrededor de sus anchos hombros, para poder verle la cara.

—¿Qué pasa?

—Es que... —Abrió la boca y la volvió a cerrar—. No es una buena historia, la verdad.

Me eché hacia atrás.

—A ver, no tienes que contarlo. Lo siento, no quise...

—No, no. No lo sientas. Es que... —Tragó saliva—. Digamos que me echaron de mi casa.

Mis ojos se abrieron como platos.

—Bueno, yo era un adulto ya, así que no es gran cosa.

—Con dieciocho años difícilmente eres un adulto —me apresuré a decir, enfadada en su nombre. ¿Qué clase de padres echaban a sus hijos a esa edad? Suponía que muchos lo hacían, pero a mí me parecía bastante cruel.

—¿Por qué? ¿Ha pasado algo?

Asintió con la cabeza con el rostro sobrio.

—A mi hermana... la agredieron. Y yo la separé y... —Tragó saliva.

Contuve la respiración, esperando.

—Le había hecho daño, y yo era joven. Me puse violento...

—Oh. —Tardé un suspiro en asimilarlo porque me costaba conciliar la violencia con el tipo considerado y atento que me abrazaba. Pero podía ver que era protector. Era el héroe que no había dudado en correr a rescatarme de mis galletas quemadas y de una falsa alarma de incendios.

—Bueno, por supuesto que lo hiciste. Fue el calor del momento.

Johnny me miró. Vi ansiedad en sus ojos marrones, como si estuviera seguro de que yo también lo rechazaría.

—Definitivamente lo llevé demasiado lejos.

Contuve la respiración. Cuando decía demasiado lejos, ¿era demasiado lejos?

En realidad, no quería saberlo. Sea lo que sea que haya ocurrido, había sido traumático para él y para todos los implicados. Debía de estar asustado. El hecho de que, años después, aún le afectara, era bastante. Pestañeé para contener las lágrimas.

Parecía alarmado.

—Lo siento —susurré.

Me dio un apretón.

—¿Lo sientes? ¿Por mí?

—Sí. Parece una situación horrible, sin salida, e hiciste lo que tenías que hacer en ese momento para que tu hermana estuviera bien. Siento que hayas tenido que pasar por eso.

Johnny dejó caer la frente sobre mi hombro y suspiró, como abrumado por una emoción que se negaba a mostrar.

Mi corazón latía con su cercanía. Con su vulnerabilidad y la cercanía que acabábamos de forjar.

Tal vez esto era más que una cita caliente. Mi chico de fantasía acaba de adquirir tridimensionalidad y profundidad.

Tenía el corazón herido.

Podía parecer absolutamente perfecto, pero era humano, con defectos e inseguridades, igual que yo.

Hundí los dedos en el pelo de la nuca y le di un masaje.

—Me alegro de que hayas encontrado este rancho —dije—. Parece que eres parte de una familia aquí.

Levantó la cabeza y asintió, arrugando los ojos.

—La familia que encuentras es la mejor.

Familia encontrada. Eso es lo que había presenciado en la cocina del rancho esta mañana. Lo que me había dado un poco de envidia. Había tenido a Lyssa como compañera constante de niña, e incluso habíamos empezado en la misma universidad antes de que ella lo dejara para dedicarse al modelaje en Nueva York. No había funcionado, pero la ayudó a iniciar sus largas aventuras de años que ahora la tenían en Ibiza.

Estaba acostumbrado a trabajar en colaboración con la gente, en equipo. Por eso los efectos cinematográficos me parecieron una buena opción al principio. Pero no era una familia, en absoluto. Ese equipo era tóxico.

Mi móvil vibró con un mensaje entrante.

Me entregó mi montón de ropa y yo lo saqué del bolsillo de mis jeans. Abrí la pantalla. Era un mensaje con una foto de Lyssa. Por alguna razón, no quería que Johnny lo viera, ni que la viera a ella.

No quería que supiera que había una gemela mejor. Tal vez no más bonita, ya que éramos idénticas, pero definitivamente más candente. Lyssa exudaba y encarnaba la sexualidad.

Si veía a Lyssa, tendría que explicarle que la hermana que mencioné era en realidad mi gemela. Y entonces podría salir a la luz el hecho de que ahora mismo estaba interpretando a mi gemela, y toda esta experiencia fantástica se desbarataría.

Le había estado mintiendo y aún lo hacía.

No, quería que siguiera creyendo que yo era Lyssa. La única Lyssa que se tiraba a vaqueros deliciosos a la hora de conocerlos.

O al menos este delicioso vaquero.

Cerré la pantalla y la dejé en el suelo.

—Ese no era Chapman, ¿verdad?

Correcto. Necesitaba información sobre Chapman. Probablemente debería llamar a Lyssa para averiguar más sobre él. No estaba lista para decirle mi verdadero nombre, pero al menos podía intentar hacer el trabajo que fingía tener. Johnny tenía un trabajo, y yo lo estaba alejando de su trabajo. Si Rob necesitaba comunicarse con Chapman, entonces yo debía intentar que eso ocurriera.

Negué con la cabeza.

—No, era mi hermana. Debería llamarla. —Le empujé el hombro para intentar salir de su regazo, pero él ya me estaba levantando por la cintura hasta ponerme de pie.

Vaya. Podría acostumbrarme a tener a un tipo tan fuerte cerca.

Podría acostumbrarme a muchos de los atributos de Johnny.

Sobre todo ese glorioso atributo que tenía entre las piernas.

¡Ja! Ahora tenía la mente tan sucia como mi gemela.

Le marqué a Lyssa y me alejé para salir del alcance de su oído.

—¿Qué cuentas? —gritó Lyssa al teléfono cuando contestó. Me hizo sonreír—. ¿Has recibido mi mensaje?

Volví a abrir el mensaje ahora que Johnny no me miraba por encima del hombro. Era de Lyssa, en bikini negro en un yate, con un hombre de mediana edad muy candente a su lado.

Me vuelvo a acercar el teléfono a la oreja.

—Sí. ¡Tiene una pinta increíble! ¿Te lo estás pasando bien?

—Fenomenal. El sultán me trata como a una princesa. ¿Cómo está el rancho?

Me mordí el labio y sonreí.

—Bueno, en realidad, ahora mismo no estoy allí. No pasa nada si lo dejo un par de días, ¿verdad? —La señora responsable entró con un día de retraso, probablemente en respuesta a mi despreocupada gemela.

—Totalmente. Chapman ni siquiera necesita casera. Porque, a ver, ¿a quién le importa si le traen el correo y lo ponen en la encimera de la cocina todos los días?

A Chapman probablemente, pero Lyssa no iba a pensárselo demasiado como haría yo.

—¿Dónde estás, Emmie? Por favor, dime que no has vuelto a tu trabajo.

—No. Eh... Bueno, he conocido a este chico. —Bajé la voz.

—¿Qué? —chilló Lyssa desde el otro lado del teléfono. —Me alegro por ti. Dame todos los detalles.

—Es un vaquero delicioso —susurré. —Trabaja como peón de rancho a un par de horas del rancho de Chapman, así que ahí es donde estoy ahora.

—¿Hablas en serio? ¿Te estás liando bien con un vaquero buenorro? Es la mejor noticia de todas. ¡Sabía que dejar tu trabajo y venir a Montana era lo mejor que podías hacer!

—Estoy de acuerdo. Ahora mismo, Los Ángeles y mi antiguo trabajo me parecen una enfermedad de la que aún me estoy recuperando.

—Bueno, cúrate, hermanita, cúrate. ¡Monta a ese vaquero candente hasta que eso se te olvide!

Me reí.

—Eso pretendo. Hablando de eso... encontré una caja de juguetes sexuales sin abrir debajo de tu cama.

—Ah, ¿esos? Me los enviaron para que representara a la empresa, pero conocí a Ralph, el instructor de tenis en Scottsdale. O tal vez fue Andy el instructor de esquí. No me acuerdo de todos. Sea como sea, ¡úsalos!

Mezclando a dos hombres diferentes en su mente. Típico de Lyssa.

—Vale, bien, porque me he traído la caja.

—Mmm, disfruta. Eh... me tengo que ir, el sultán me llama.

—¡Espera, espera, espera! Una cosa más. ¿Cuándo vuelve Chapman? Porque mi vaquero buenorro necesita reunirse con él, y le está costando ponerse comunicarse.

—No sé.... ¡Ya voy! —le gritó a su último amante.

—Espera, pero ¿puedes averiguarlo? Es importante. Llámale y házmelo saber, ¿vale?

—Sí, lo haré. ¡Diviértete con los juguetes sexuales! ¡Te quiero, adióssss!

Finalicé la llamada y sonreí. Por una vez, me estaba divirtiendo tanto —y con tanto sexo— como Lyssa y me sentía tan bien.

15

JOHNNY

Después de vestirnos, bajé a buscar los caballos para darle a Lyssa algo de privacidad mientras llamaba a su hermana. O al menos la ilusión de privacidad.

Con suerte, mi oído de cambiaformas captaría algo sobre su jefe, si es que estaba mintiendo y en realidad lo llamaba a él. Había actuado un poco rara cuando empecé a interrogarla de nuevo. Odiaba el no confiar en ella. Mi lobo lo hacía, pero eso era a un nivel más primario. Algo no estaba bien. Lo sentía en mis entrañas.

¿Por qué iba a mentir?

¿Por qué no iba a hacerlo? Yo le estaba mintiendo.

Esperaba no haber sido demasiado obvio al pedirle información sobre Chapman. Me sentía como el peor idiota haciéndolo. Pero no podía decirle algo como: «Oye, voy a llevar a tu jefe a un juicio del Consejo, y lo más probable es que lo mate yo u otro cambiaformas, ¿me podrías dar su número?»

No le decía la verdad sobre por qué había ido al rancho de su jefe para empezar. No podía arriesgar a toda una manada contándole la verdad sobre nosotros hasta que estuviera enamorada de mí. Hasta que fuera mía. Hasta que pudiera marcarla.

Pero eso no fue todo.

Demonios, no podía creer que casi le dijera que maté a Frank Archer, el que acosó a Simi.

¿Cómo se habría tomado eso?

«Por cierto, tu nuevo novio, o juguete, o como quieras llamarme, es un asesino. Y lo hice con mis propias manos... y colmillos».

No solo un asesino de sangre caliente, que era cierto, sino ahora era de sangre fría.

Diablos, empezaría a correr y no pararía hasta llegar al rancho de Chapman. No podía mostrarle lo que realmente era, lo que acechaba dentro de mí.

Mi lobo gruñó. No le gustaba el engaño. No le gustaba que le ocultara nada a nuestra compañera.

A mí tampoco me gustaba, pero no había más remedio.

Al principio estaba callada, caminando de espaldas a mí.

Sí, definitivamente no quería que oyera algo. Sentí una oleada de recelo.

¿Qué sabía ella de Chapman?

Estaba segura de que no podía formar parte del tráfico de lobas, pero olí su ansiedad cuando le pregunté por él. ¿Le tenía miedo?

¿Sabía que era peligroso?

¿Sabía ella que él era un cambiaformas?

Diablos, tenía que encontrar la manera de sacarle toda esta información sin asustarla. O enojarla.

Si creyese que la había manipulado para acceder a su jefe...

Bueno, maldición, supuse que sí.

Pero no era como si yo anduviera siempre seduciendo mujeres involucradas en los trabajos que yo tenía. Ella era mi compañera.

Bajé hasta donde habíamos dejado los caballos y los llamé silbando. Chester vino enseguida; Montague me ignoró como un capullo.

Volví a silbar.

La voz de Lyssa flotaba en la brisa, pero yo solo podía oír fragmentos.

—...vaquero buenorro...caja de juguetes.

El pene se me puso duro de nuevo al mencionarme a mí y a la caja de juguetes. Maldición, me había olvidado de ellos.

Sentí un hilo de alivio.

Vale. Dudaba seriamente que esa fuera una conversación que ella tuviera con Chapman. Realmente debe estar hablando con su hermana.

Y sobre mí.

Mi puño de lobo bombeó el aire.

Gracias a Dios. Puede que no esté preparada para verme como su novio, pero requería mis servicios de vaquero.

Sí, señora. Abriré todos los paquetes de esa caja y los usaré contigo. Te esposaré, te azotaré el culo y haré realidad todas tus fantasías.

16

EMMA

Salí de la ducha con el cuerpo envuelto en una toalla, entré al dormitorio de Johnny y me quedé helada.

—¿Qué es todo esto? —pregunté.

Johnny había estado ocupado. Estos eran todos los juguetes sexuales de la caja de Lyssa regados por toda la cama.

Se quedó allí, agitando la mano como si fuera un concurso y los juguetes fueran mi premio.

—Quiero saber cuáles son tus favoritos.

Tragué saliva. ¿Mis favoritos? La única razón por la que encontré la caja debajo de la cama de Lyssa en el rancho fue porque le había dado una patada y me había lastimado el dedo del pie. Cuando saqué la caja, me sentí avergonzada e impactada. Lyssa y yo éramos gemelas idénticas, pero no nos parecíamos en nada. Sabía que ella tenía sexo. Mucho sexo. Pero no necesitaba saber que le gustaba que la ataran o que disfrutaba que le metieran un tapón gigante por el culo. Así que había guardado la caja, porque ¿por qué iba a utilizar la vieja y aburrida Emma alguna de las cosas que la empresa de juguetes le había enviado a Lyssa el año pasado, cuando había sido representante?

Pero Johnny me había hecho sentir aventurera. Me hizo meterme en el papel de Lyssa y atreverme a ser salvaje y desenfrenada. Pero ¿juguetes sexuales?

Johnny esperó pacientemente —porque su mirada recorrió mi cuerpo en toalla— mientras yo procesaba lo que estaba pasando.

—Que... ¿qué?

Se acercó un paso más al expositor de juguetes de su edredón azul marino.

—¿Qué te pone, cielo?

—Tú —admití.

—Me alegro mucho de oírlo. —Sonrió y se acercó a mí, abriendo mi toalla para contemplar mi cuerpo. Su gemido de agradecimiento hizo que se me endurecieran los pezones. Tiró de los extremos de la toalla para acercarme al bulto de su endurecida verga me presionaba el vientre a través de sus jeans—. Esta noche me tendrás a mí *y a* tu favorita. —Su voz estaba llena de grava.

Miré hacia la cama y Johnny me soltó, envolviéndome primero en la toalla.

Hmm... ¿un juguete y Johnny?

Sí, por favor. Podría hacerlo.

Con timidez, me acerqué al borde de la cama y estudié las opciones. Johnny me rodeó la cintura con un brazo y acomodó su corpulento cuerpo detrás de mí. Inclinándose, me murmuró al oído.

—¿Como ese látigo?

Con la mano libre, señaló el pequeño con piezas cortas de cuero unidas a un mango negro.

Sacudí la cabeza.

Se movió y me besó detrás de la oreja, luego por el cuello. Se me puso la piel de gallina. Aunque estaba húmeda por la ducha y solo llevaba una toalla, no tenía nada de frío.

—¿Y las pinzas para los pezones?

¿Eso eran las cosas rosas que parecían pinzas para patatas fritas? Mientras mi vagina se apretaba y mis pezones se endurecían ante la posibilidad de que me pellizcaran, susurré:

—No.

Ahora estaba besándome por todo el hombro.

—Elige, cielo. No necesito un juguete para excitarte, pero seguro que será divertido jugar.

Diversión. Diversión.

Estábamos teniendo sexo. Eso no estaba en cuestión.

Lo que elegí fue por diversión. No me estaba juzgando. Quería complacerme y jugar.

Esto era lo que Lyssa haría. Escogía unas cuantas cosas y se volvía loca.

Volví a estudiar las opciones.

—Sin el látigo.

—¿Y los otros implementos para azotar?

Me lamí los labios.

—Tu mano. Si me vas a azotar, quiero tu mano.

Me pasó la mano por el muslo y se deslizó por mi culo, acariciándolo. Luego me dio un pequeño golpe.

—¿Así?

Gemí porque... maldición, qué excitante.

—Sí —admití. No había sido muy fuerte, y la piel solo me hormigueaba.

—Solo la mano, cielo. Entendido. Pórtate bien y elige otra cosa, o te inclinaré sobre esta cama y te azotaré. Después podrás elegir tu favorito con el culo rojo.

Dios mío.

Luego susurró:

—Querré jugar con todo lo que elijas. Lo que te excita me excita a mí. No hay respuestas equivocadas.

Me giré en su regazo y le miré.

Su mirada oscura era intensa. Feroz.

—Es una caja de representante de ventas. Nunca he...

—¿Los has usado?

Asentí con la cabeza.

—Lo sé, están todos en su embalaje.

Negué con la cabeza.

—A ver, me refiero a que ya he usado juguetes.

Sus ojos se abrieron de par en par.

—¿Alguna vez?

Volví a negar con la cabeza.

—No.

—Entonces esto va a ser divertido. Y tremendamente excitante.

Diversión.

Podía divertirme. Al fin y al cabo, era Lyssa. Me di la vuelta, me coloqué justo delante de la cama y estudié detenidamente los juguetes. Al cabo de unos minutos, cogí las esposas, un tapón anal muy pequeño de color morado y un vibrador rosa que parecía un lápiz.

—Maldición, son buenas opciones.

Johnny pasó junto a mí y cogió las pequeñas muestras de lubricante que parecían paquetes de salsa de tomate.

—También necesitaremos estos.

Luego alargó la mano, enganchó un dedo en la parte delantera de la toalla que me envolvía y tiró. La toalla me cayó a los pies.

Estaba desnudo.

—Maldita sea. —Se quitó el sombrero de vaquero y lo dejó encima de la cómoda—. Voy a darme la ducha más rápida de la historia. Cuando salga, te quiero en la cama usando ese vibrador. Será mejor que estés bien mojada o te azotaré el culo.

Dios mío. Esa voz profunda. Esa mirada oscura. Esa promesa.

Aunque ya había sido atrevido y había hablado sucio antes, esto llevó las cosas a un nivel completamente nuevo. Era desinhibido cuando se trataba de sexo. También salvaje. Me encantaba. Pero ¿ahora?

Uau. Lo único que pude decir fue:

—¿De acuerdo?

17

JOHNNY

Cuando salí de la ducha, tenía la verga tan dura que podría taladrar rocas con ella.

Demonios. Mi compañera quería que la esposara, le azotara el culo y le metiera un vibrador. Creí que me moriría y me iría al cielo.

Esto no podría ser mejor.

Bueno, sí podría, me recordó mi lobo.

Me había autoprovocado de más a mí mismo lamiendo y besándole el cuello y el hombro. Podría reclamarla como mía para siempre.

«Esta noche. Ahora», instó mi lobo.

La luz de la luna casi llena brillaba por las ventanas y

los rayos entraban por el barracón, empapándome de la necesidad de marcarla.

Pero ella no estaba preparada para eso. Acababa de conocerme hacía un día. Tuve mucha suerte de que aceptara volver al Rancho Wolf conmigo para explorar un poco más lo que había entre nosotros, pero aún no estaba enamorada. No estaba dispuesta a pasar el resto de su vida conmigo.

Desde luego, no estaba preparada para descubrir que yo era de una especie diferente a la suya. Una que tenía una forma animal que corría y aullaba bajo la luna llena. Y aunque estuviera preparada para eso, ¿cómo iba a poder contarle mi nuevo trabajo en la manada?, ¿que era un ejecutor enviado por el Consejo para eliminar las amenazas a nuestra existencia? Que era un asesino, pues.

No, no podía pensar en esa parte. Me bastaba con luchar contra mi naturaleza y no marcarla.

Tenía que tener cuidado. Sujetarla con las esposas excitaría a mi lobo, pero no podía dejarlo suelto. No podía permitirme perder el control y clavarle los dientes en la carne, incrustar allí mi olor para que todos supieran que ahora me pertenecía.

Eso podría venir más tarde. Con suerte antes de la próxima luna llena, pero esperaría lo que hiciera falta. Seguiría a esta hembra a través de la Tierra para probar que era su hombre. Que haría cualquier cosa para hacerla feliz, protegerla y complacerla.

Tenía la intención de impartir a fondo ese último mensaje esta noche.

Entré en mi dormitorio.

—Madre mía.

Tal y como le había ordenado con mi voz más mandona, Lyssa yacía desnuda en medio de la cama, con el ruidoso juguete entre las piernas, la cara sonrojada y los ojos brillantes. El aroma de su excitación estaba por toda la habitación y casi hizo que mis caninos descendieran para marcarla.

Aspiré hondo para ponerle la correa a mi lobo.

Lyssa mostraba una sexualidad nerviosa. Era una parte zorra y una parte avergonzada. Parecía casi avergonzada cuando admitió que nunca había usado juguetes. Solo hizo que mi lobo se acicalara al saber que seríamos los primeros. Descubriríamos juntos lo que la ponía cachonda.

El mero hecho de saber que sus primeras opciones eran las esposas, el tapón y el vibrador era revelador. Quería ser controlada. Quería renunciar a ello. Para darme las opciones como si o no un tapón anal sería trabajado en ese agujero trasero virgen agradable de ella. Ella lo quería, o no lo habría elegido. Pero también quería que yo la obligara.

—Qué rico, nena. —Tenía la intención de elogiarla hasta que se despojara de esa vergüenza—. Mira qué dura me la has puesto. —Me dejé la toalla en la cintura, pero miré el relieve que estaba haciendo mi pene.

Arrastró el labio inferior entre los dientes mientras lo miraba.

Me acerqué hacia la cama, pero me detuve al final. Quería que la dominara. Me había pedido que la azotara y la esposara. Eso significaba que tenía que darle instrucciones.

Le torcí los dedos.

—Levántate de la cama, y veamos qué tan bien seguiste mis órdenes.

Observé el destello de excitación nerviosa en su expresión, en parte de alarma, en parte de emoción. Supongo que le gustaba complacer a los demás, lo que significaba que querría hacerlo bien. No querría escuchar que había hecho algo mal, aunque quisiera esos azotes.

—Ah... —Con los ojos muy abiertos, tanteó el vibrador para apagarlo, se levantó de la cama y vino deprisa hacia mí.

Le quité el juguete de la mano, arrastrando mis dedos sobre los suyos para prolongar el contacto y asegurarme de que sentía mi consuelo. No pude evitar lamer los jugos del vibrador antes de dejarlo caer sobre la cama junto a los demás juguetes.

Demonios, qué bien sabía.

—Ponte las manos en la cabeza.

Escuché su respiración acelerarse, con la mirada clavada en la mía.

No dije nada más, solo esperé a que obedeciera. Su

olor tenía un matiz de ansiedad que puso frenético a mi lobo, pero me dejé llevar. Era parte de la emoción de la sumisión. El elemento de peligro, aunque solo fuera fingido, aumentaba el placer.

Podía ver cómo se le aceleraba el pulso en la garganta, pero sus grandes pezones marrones estaban rígidos y duros, y el perfume de su excitación llenaba mis fosas nasales.

Con timidez se llevó las manos a la cabeza. Sus pesados pechos se elevaron y se abrieron con el movimiento, como una ofrenda para mi boca, que se deshacía en deseos de probarlos.

—Muy bien —la elogié. Seguí sin tocarla, aunque su mirada suplicante me decía que quería que lo hiciera—. Ahora abre bien las piernas.

Dejó escapar un pequeño gemido de deseo, con los ojos aún clavados en los míos, mientras deslizaba más ampliamente sus pies descalzos.

—Eso es, cielo. Muy bien. Ahora veamos lo mojada que estás. —Metí la mano entre sus piernas y le pasé dos dedos por la raja—. ¿Lo has hecho bien con el vibrador?

Temblaba cuando la tocaba, como si fuera demasiado para soportarlo. Su vientre se estremecía.

—Ohhhh. —Hice de la sílaba una exclamación de placer al sentir su miel femenina que casi me goteaba en los dedos.

Estábamos solos en la litera. Nadie más vivía aquí por el momento, así que podía hacer todo el ruido que quisiera. Y si alguien escuchaba, no me importaba. Sabrían que mi compañera estaba bien satisfecha.

—Sí, te has portado bien, ¿verdad? —Seguí deslizando mis dedos por su lengua resbaladiza al mismo tiempo que mi otra mano se acercaba a uno de sus pechos. Le rocé el pezón con el pulgar.

Inquieta, apartó las manos de la cabeza para dejarlas caer sobre mis hombros.

—Ajá. —Le di una ligera palmada en el pecho—. Las manos en la cabeza, hermosa.

Jadeó y se llevó las manos a la cabeza.

—Quiero tu cuerpo abierto y disponible para mi exploración.

Sus jugos prácticamente brotaban entre sus piernas. Le gustaba mi forma de hablar sucio. Le gustaba ser dominada. Es bueno saberlo. Nunca me consideré mandona o controladora, pero me resultaba natural estar a cargo de ella. Ahora era natural ocuparme de las necesidades de mi compañera llevando las riendas.

Deslicé un dedo hacia arriba para pasar la yema por su clítoris, y ella se retorció, moviendo las caderas a derecha e izquierda y gimiendo.

—¿Qué te gusta más, mi dedo o el vibrador?

—Tu dedo —respondió inmediatamente.

Mi lobo emitió un gruñido de satisfacción. No me habría ofendido en absoluto si hubiera dicho lo del vibrador, pero me encantaba que prefiriera mis caricias.

Moví el dedo con un rápido movimiento vibratorio y ella soltó un sollozo.

—Ayyy, Jhon.

Demonios, me encantaba oír su apodo para mí proviniendo de sus labios. Dejé de tocarla y me llevé el dedo a la boca para chupármelo.

—Sabes exquisito, cielo —le dije cuando lo saqué.

Levanté las esposas peludas de la cama.

—Date la vuelta, Lyssa.

Parpadeó. Había un tartamudeo en su energía. No sabía cómo podía saberlo, pero lo sabía.

—Puedes... puedes llamarme cielo cuando estemos en la cama —dijo.

Con que no le gustaba oír su nombre. Eso fue interesante. Algo para seguir más tarde. Ahora mismo no quería matar el ambiente.

Bajé los párpados a media asta.

—Date la vuelta, cielo.

Ella obedeció de inmediato, volviéndose hacia la cama con las manos sobre la cabeza.

Cogí una muñeca, luego la otra, y despacio, con suavidad, tiré de ellas por detrás de su espalda.

—¿Te gusta que te quiten el control, Ly...cielo?

—Um...

Le coloqué una de las esposas en la muñeca y la rodeé con un dedo para asegurarme de que no estaba demasiado apretada.

—¿Te ayuda a soltarte y disfrutar? —Encajé el otro lado en su sitio.

Instintivamente, tiró y probó la sujeción.

—Sí. —Exhaló la sílaba emitiendo un sonido de alivio, como si necesitara que le diera una buena razón antes de acceder a lo que su cuerpo ansiaba.

Le puse las manos en la cintura y la desplacé para centrar su cuerpo a los pies de mi cama. Había elegido una habitación grande y espaciosa con una cama de matrimonio, el lugar perfecto para follarme a mi compañera.

—Inclínate, nena.

Dudó.

Le di un azote en el culo, un poco más fuerte que el juguetón que le di antes de ducharme, pero nada brusco.

—Eso fue una orden, preciosa.

Soltó una risita ahogada y se dobló por la cintura, flotando sobre la cama.

Me reí entre dientes y empujé su torso hacia abajo hasta que se tumbó sobre él.

—Boca abajo, nena. —Se me ocurrió que con el tamaño de sus pechos no sería la posición más cómoda. Cogí una almohada de la cabecera de la cama—. Levántate un momento —le ordené.

Lo hizo, y deslicé la almohada bajo su pecho. Ahora, su cara tampoco estaba tan aplastada contra la cama.

—Muy bien. ¿Estás cómoda, cielo?

—Sí.

Demonios, qué guapa estaba así. Le di una palmada en el culo.

—Es «sí, señor», cuando estás esposada, preciosa.

Vi cómo apretaba las nalgas. Sus dedos se crisparon.

—Sí, señor —jadeó.

—Mmm. —La recompensé con una caricia en su precioso culo. Mi hermosa compañera era tan magnífica—. Lo estás haciendo muy bien, cielo —le hice saber—. Ahora abre las piernas muy bien otra vez para que pueda jugar con este bonito coño.

Abrió bien las piernas y volví a acariciarla con una mano mientras con la otra la acariciaba por la espalda y el costado, tranquilizándola y acariciándola. Intentaba mostrarle lo hermoso que me parecía su cuerpo. Agarré el vibrador y lo puse en la posición más baja. En lugar de metérselo, lo deslicé por debajo para rozarle el clítoris.

Ella gimió y me la chupó, derramando lubricante fresco sobre las sábanas.

Diablos, no quería que el olor de su excitación saliera de esta habitación.

Le di una palmada en el culo, un poco más fuerte que antes, y jadeó.

—Es hora de darte tus azotes, nena. Te has portado muy bien, así que voy a tomarme mi tiempo y calentar tu precioso culo lentamente. Si necesitas un descanso, solo dime: «por favor pare, señor», y pararé. ¿Entendido?

—Sí, señor.

Le acaricié el culo haciendo círculos.

—Muy bien.

18

EMMA

¡Santas esposas!

Nunca, ni en un millón de años, había imaginado una escena así: yo, inclinada en una cama, con las muñecas esposadas a la espalda, siendo azotada mientras me restregaba el coño con un vibrador. Qué puta locura. Increíble.

Delicioso.

El simple hecho de encontrarme con un vaquero cachondo en la puerta de mi casa ya había sido suficiente fantasía. Y, claro, sabía que la gente usaba juguetes y jugaba en el dormitorio, pero... vaya.

Me lo había estado perdiendo.

No tenía ni idea de que pudiera sentirme así de increíble y excitada, tan deseosa y necesitada.

Lista para hacer combustión.

Johnny me abofeteó un lado del culo, luego el otro, y después me frotó para quitarme el escozor. Hizo una pausa, como si esperara a ver si me quejaba o le decía que parara.

No lo hice. Quería más y meneé el culo para indicárselo.

Siguió repitiendo el patrón: un azote en cada lado y luego un masaje. Después de media docena de azotes, el culo me escocía con un calor punzante.

Johnny se detuvo para frotarme por más tiempo.

—Ahora estás bien rosadita, nena. Estás preciosa.

Dios, me encantaba oír lo excitado que estaba por mí. Nunca me había sentido tan sexual, tan deseable, tan hermosa.

Era como si toda una vida de falta de confianza en mí misma por ser la gemela callada y tímida desapareciera cada vez que me miraba. Cada vez que me elogiaba. Cada vez que me decía

—Buena chica.

Nunca me di cuenta de lo hambrienta de atención que debía estar antes de conocerlo.

No era de extrañar que me quedara en un trabajo agotador sin un ápice de aprecio. Estaba acostumbrada a que no me hicieran caso cuando se trataba de prestarme atención. Incluso ahora, con nuestros padres, como Lyssa no podía mantener un trabajo estable y parecía ponerse en peligro constantemente, absorbía toda su atención. La hija tranquila y buena no requería una crianza especial.

Oí el desgarro del plástico y entonces Johnny me separó las nalgas. Una porción de algo frío aterrizó justo en mi culo.

Jadeé y apreté las mejillas.

—Es hora de tu tapón, preciosa.

Mi tapón. ¡Uf! Mi ano se contrajo al pensarlo. ¿Por qué lo había elegido?

Johnny se rió entre dientes.

—No te preocupes. Este es pequeño. Le estoy poniendo lubricante por todas partes para que entre bien fácil. Te entrenaré para que puedas coger mi pene ahí atrás como una buena chica.

¡Entrenarme! ¡Uau!

¡Ay!

Sentí la presión de la cabeza redondeada de acero inoxidable del tapón anal contra mi agujero trasero. Aspiré y contuve la respiración.

—Respira profundo, cielo.

Me encantó lo seguro que estaba Johnny. Rezumaba capacidad pornográfica. Un hombre que proyectaba que sabía lo que hacía sin ser arrogante era tan excitante.

—Sí, señor. —Me excitaba decir esas palabras. Cada vez que lo hacía, el coño se me apretaba duro. Seguí sus instrucciones y exhalé lentamente.

Aplicó presión al tapón.

Apreté con más fuerza la intrusión.

—Empuja hacia atrás para dejarme entrar. Como si estuvieras bajando.

Inspiré rápidamente, volví a exhalar despacio y empujé hacia atrás. En cuanto lo hice, la cabeza del tapón penetró mi agujero. Empujé más mientras él lo introducía dentro de mí. Hubo un breve momento en que fue demasiado, pero luego se asentó.

Tuve la extraña sensación de tenerlo en el culo, con el cuello del tapón apretado por el apretado anillo de músculos que formaban mi esfínter.

—Muy bien, nena. Lo estás haciendo muy bien —me elogió Johnny, acariciándome de nuevo el culo con su palma áspera y callosa—. Maldita sea, mira qué bonito.

Gemí, no porque no me sintiera bien, sino porque estaba más que excitada. Me estaba volviendo loca con todas las sensaciones: la vibración en el clítoris, el ardor de mi culo y ahora este tapón llenándome.

—Voy a azotar ese bonito culo tuyo con el tapón dentro, y luego voy a follarte, nena.

Dios, casi me corro por sus sucias promesas. Como si lo percibiera, adoptó un tono más severo.

—No te corras todavía. No te corras hasta que te dé permiso, nena. ¿Entendido?

Asentí en las sábanas.

—Sí, señor.

—Buena chica —dijo, pero al mismo tiempo me dio

una fuerte bofetada. Me sacudió el tapón del culo, provocando una oleada de sensaciones por todo mi cuerpo.

Grité.

¿Cómo no me iba a venir?

Necesitaba venirme desesperadamente.

Tan desesperadamente que no podía soportarlo.

—Todavía no. No te corres hasta que yo lo haga, Lyssa —dijo, olvidando que no quería que me llamaran así en la cama.

Aunque oír su nombre me infundía valor fuera de la cama, odiaba oírle decir su nombre mientras intimábamos. Quería que me elogiara a mí, Emma, no a Lyssa. No quería fingir cuando teníamos sexo. Quería que fuera real.

Solo nosotros dos, sin Lyssa en la habitación.

Su desliz fue una bendición porque me permitió tener un hilo de control, para no venirme. Así podría esperar hasta que él me diera permiso. ¡Otra vez! ¿Dónde aprendió a ser un dominante tan digno de desmayarse?

No, tampoco quería saber eso. Ya odiaba a todas sus novias pasadas y futuras. Odiaba a cualquiera que me quitara su atención dorada a mí, a Emma.

La gemela que estaba recuperando el tiempo perdido.

Johnny me azotó, esta vez más rápido y sin pausas para quitarme el escozor. Me abofeteó el culo, el lado derecho y el izquierdo, una y otra vez, mientras yo me retorcía y gritaba. Estaba muy cachonda. El vibrador me había dejado el clítoris en carne viva y el culo me ardía. El jugueteo del tapón me daba una sensación de plenitud.

Finalmente, Johnny se detuvo y me frotó el culo. Oí el crujido de más plástico: debía de ser el envoltorio de un preservativo.

Sacó el vibrador de debajo de mí y lo apagó.

—Es hora de algo real, cielo. ¿Estás lista para recibir mi pene?

No había sido así el día de ayer, tan mandón y dominante. ¿Era porque estábamos en su casa y se sentía más cómodo? ¿Era porque confiábamos el uno en el otro lo suficiente como para llevar el sexo al siguiente nivel?

—Sí —gemí. Llevaba preparada al menos una hora. Incluso con el tapón llenándome el culo, sobre todo con el tapón llenándome el culo, mi coño se sentía tan vacío.

Johnny emitió un extraño gruñido animal mientras frotaba la cabeza de su verga entre mis pliegues.

Desesperado, hambriento de ella, empujé hacia atrás y él se deslizó dentro.

—Maldición, nena. Qué rico, coño. Estás tan mojada para mí ahora mismo.

—Sí —gemí.

Hostia, necesitaba venirme con una desesperación que nunca antes había sentido.

—Por favor.

Me agarró de las caderas y empujó hasta el fondo.

Sus caderas chocaron con el mango del tapón y me lo metió dentro con más fuerza que los azotes.

Se me pusieron los ojos en blanco. Estaba mareada de lujuria. Casi lloraba de necesidad.

—Por favor.

Sus dedos me apretaron las caderas. Oí cómo arrastraba el aliento entre los dientes, como si intentara contenerse.

No quería que se contuviera.

Quería más. Lo quería todo.

Salió y entró lentamente.

—Ahora, Johnny. Más. Por favor.

Estaba suplicando incoherentemente. Me había convertido en balbuceos.

Volvió a gruñir y penetró con fuerza.

Grité cuando la cabeza de su verga tocó fondo dentro de mí. Era demasiado. Mi culo apretó el tapón. Mi vagina se apretaba alrededor de la base de su verga. Sudaba y jadeaba, el corazón me latía con fuerza, aunque el amante dominante que tenía detrás me había dejado inmóvil.

—Ay, por Dios —casi lloro.

—Maldición, nena. Qué rico, qué exquisita estás cuando me suplicas así. —Me agarró las caderas y golpeó dentro y fuera de mí.

Bajaba la espalda para acogerlo lo más profundo posible. Gemí y sollocé mi desesperación entre las sábanas.

—Por favor, por favor, dame más, J. Johnny. J. Dame más. Lo necesito ahora. —Miré por encima de mi hombro, y lo que vi no tenía sentido.

Pero, de nuevo, estaba fuera de mí por la lujuria y la necesidad.

Los ojos de Johnny parecían brillar en ámbar, como los de un animal por la noche. Y habría jurado, por un segundo, que parecía que tenía colmillos.

—Tómala, nena —gruñó—. Recibe mi pene en lo más profundo. Recibe mi pene con el culo enrojecido y taponado.

—¡Sí, sí!

Era demasiado tarde, tenía que venirme. Esperar su permiso era imposible.

Grité, perdiendo el control. Mi vagina se apretó alrededor de su verga con espasmos en oleadas pulsantes.

—¡Diablos, cielo!

Sonaba como si Johnny también hubiera perdido el control. Como si mi orgasmo le hubiera hecho venirse. Empujó hasta el fondo, sus caderas chocando contra las mías, su respiración entrecortada.

—Ay, destino. Mierda, diablos. Maldición —vociferaba mientras seguía sacudiéndose.

Solté una carcajada entre las sábanas.

—Dios mío —jadeé—. Creo que acabo de morir.

19

JOHNNY

Diablos. Casi marco a Lyssa.

Mi lobo había estado a punto. Tenía que mantener mis dientes alejados de ella para evitar hacer algo de lo que me arrepentiría.

Ahora que el momento había pasado, bajé mi torso sobre el suyo y le besé la nuca a un lado del cuello.

—Has estado increíble. Estuvo increíble.

Dejó escapar un largo suspiro.

Probablemente la estaba aplastando. Me levanté y salí de ella. Luego le quité las esposas rápidamente.

—Voy a traerte un poco de agua. Tenemos que mantenerte hidratada después de todo esto. —Le saqué suavemente el tapón del culo, la cogí en brazos y la llevé a la parte delantera de la cama.

—Vuelve a arroparte, cielo —le ordené.

Ahora que me había acostumbrado a dar órdenes, no podía parar. Sabía que mi dominio excitaba a Lyssa, así que iba a exprimirlo al máximo.

Retiró las sábanas y dejé con cuidado mi preciosa carga sobre la cama.

—Ahora vuelvo —le prometí.

Cogí el vibrador y el tapón y me los llevé al baño para limpiarlos y desinfectarlos más tarde. De momento, los dejé en el lavabo mientras me deshacía del preservativo, me lavaba las manos y empapaba una toallita con agua tibia para limpiarla.

Luego me detuve en la cocina a por un vaso alto de agua y regresé.

Lyssa seguía donde la dejaron, tumbada boca arriba en la cama, mirando aturdida al techo.

La ayudé a incorporarse y le di el vaso. Se bebió la mitad con sed. Terminé el resto y dejé el vaso vacío en la mesita de noche. Puse a Lyssa boca abajo y la limpié con la toallita entre las piernas y las nalgas.

—¿Estás bien? —pregunté, notando que su culo seguía rojo.

Había jugado duro con hembras antes, pero todas habían sido cambiaformas. Esperaba no haberme vuelto demasiado loco. Me mataría si la hubiera lastimado.

—Estoy muy bien. —Sonaba somnolienta, como si ya se estuviera quedando dormida. O estaba tan satisfecha que estaba en el cielo.

Tiré la toallita a la cesta y me subí a su lado. Se acercó a mí y la rodeé con el brazo.

—¿Crees en el destino?

—¿En el destino?

—Sí. ¿Crees que algunas cosas están destinadas a suceder?

Se quedó quieta. Pude oírla contener la respiración por un momento.

—¿Qué cosas?

—Como tú y yo, que nos conociéramos como lo hicimos, que congeniamos desde el principio. Como si estuviéramos hechos el uno para el otro. ¿Tú también sientes eso? ¿O soy solo yo?

Lyssa giró la cara para esconderse en mi hombro y sentí cómo se estremecía su vientre.

—¿Te estás riendo...? —Maldita sea, no debería haber mencionado el destino a un humano. No tenía contexto para ello. Sonaba estúpido.

No, olí la sal de sus lágrimas.

—¿Estás llorando? —Me alarmé de repente—. Cariño, ¿qué pasa? ¿Te he hecho daño? Maldita sea.

—No —gritó entre risas y levantó la cabeza—. Es... no sé lo que es. Es solo una liberación. Ha estado intenso.

Sí, claro. Tuvimos sexo loco e intenso, y luego empecé a hablar del destino. Mala idea.

—Esto es intenso —añadió en voz baja.

Oh.

Esto fue intenso. Este momento. Nosotros dos.

Me acomodé al lado de su cara con la palma de la mano y atrapé su mirada acuosa.

—Ahora voy a besarte. —Giré nuestros cuerpos para que ella quedara debajo de mí y la besé profundo, explorando su boca, intentando expresar con la lengua y los labios lo que me costaba decir con la voz.

Cuando terminé, levanté la cabeza y la miré fijamente. Le pedí al destino poder leer su mente, saber lo cerca o lejos que estaba de aceptarme como su compañero.

—Creo en el destino —dijo, sorprendiéndome.

Sus ojos volvieron a llenarse de lágrimas.

Volví a sentir esa alarma. Mi lobo no podía soportar sus lágrimas por ningún motivo.

—¿Por qué eso te hace llorar?

Ella negó con la cabeza.

—No lo sé. Es como si... como si una puerta que siempre me ha estado cerrada se hubiera abierto y yo la hubiera atravesado.

Fruncí el ceño porque no tenía ni idea de lo que eso significaba.

—Eso es algo bueno, ¿verdad?

Se rió y me llevó la palma de la mano a la mejilla.

—Es tan bueno. Tú eres tan bueno. Estoy... pasando el mejor momento de mi vida.

El momento de su vida. Eso sonaba como una aventura salvaje, no como el destino. Pero lo aceptaría por ahora.

Por esta noche era suficiente.

Podría trabajar en el para siempre mañana.

<h1 style="text-align:center">20</h1>

EMMA

CUANDO ENTRAMOS en la Taberna de Cody la noche siguiente, deseé haberle quitado un par de botas vaqueras a Lyssa de entre la ropa que tenía en el rancho Chapman. Obviamente, no las necesitaba en Ibiza. Vestía una falda vaquera y una blusa entallada, pero mis sandalias no daban la talla.

Johnny no me dejó ir muy lejos hoy después de nuestros salvajes momentos candentes de anoche.

Aunque habíamos venido al rancho Wolf porque tenía que trabajar, me dijo que Rob y Wes, el capataz del rancho a quien aún no había conocido, le habían dado un par de días libres para que los pasara conmigo.

Quería protestar, volver a encogerme y ser la que

estaba pintada en la pared y no causar revuelo, pero recordé que yo era Lyssa, y a Lyssa le encantaba ser el centro de atención, causar revuelo, que la gente cambiara sus planes por ella.

Así que me lo bebí todo. Me bebí la atención de Johnny, la cual me llenaba.

No salir del barracón en todo el día me parecía bien. Comimos —¿quién se iba a imaginar que Johnny sabía hacer una buena tortilla?— dormimos la siesta y tuvimos mucho, mucho sexo.

Perdí la cuenta del número de orgasmos que me dio.

Y los lugares donde lo hicimos además de la cama. La ducha, la encimera del baño, la encimera de la cocina, el sofá, el otro sofá. Ah, y paredes. Muchísimas paredes.

A última hora de la tarde, estaba un poco dolorida. Vale, mucho, pero de la mejor manera posible. Cuando Colton texteó a Johnny y le dijo que todos se dirigían a un bar llamado la Taberna de Cody para cenar y tomar unos tragos después, aceptamos acompañarles. Mi vagina necesitaba un descanso.

Llegamos tarde porque cuando Johnny me vio con esta falda, se puso de rodillas, la levantó y me lamió hasta que me volví a venir.

Eché un vistazo al bar. Si un espacio gritaba la taberna del oeste por excelencia, era este: música country, paneles de madera, una mezcla de cabezas de animales montadas y carteles de cerveza de neón, una barra brillante que recorría toda una pared y un toro mecánico. Nunca había visto uno salvo en las películas y... vaya. Una mujer lo montaba, con el brazo por encima de la cabeza, riendo y gritando mientras se balanceaba en la silla.

No pude evitar sonreír.

Sonreí y saludé con la mano a Marina, Colton, Rob y Willow, que habían juntado varias zapatillas altas en un rincón y estaban haciendo la corte con una multitud de otras parejas.

—Ellos son los del Rancho Wolf. —Johnny me acompañó con la mano en mi espalda baja. ¿Eran cosas mías o parecía que estaba orgulloso de mostrarme?

Dio palmadas en los hombros o chocó los puños con todos los que estaban allí.

—Hola a todos. Esta es Lyssa, mi hermosa cita... caliente.

Ladeé la cara hacia la suya.

—¿Qué ibas a decir? —No se me ocurría un calificativo mío que empezara por M.

Mostró esa sonrisa de medio lado.

—Magnífica novia... ¿Puedo llamarte así ya?

Sentí un calor en el pecho. Volví a sentir el impulso de retroceder y rechazar la atención, pero ¿por qué iba a hacerlo? Después de dos días, sabía que tenía madera de novio. ¿Por qué no iba a creer que él podía sentir lo mismo? ¿Acaso creía que no era lo bastante especial para que alguien se enamorara de mí tan pronto?

Al diablo con eso. Lyssa sabía que era especial. Yo también podía encarnar esa energía.

—Lyssa, te presento a Boyd, hermano de Rob y Colton, campeón internacional de rodeo, y a su esposa Audrey. Ella es ginecobstetra.

Les di la mano a los dos.

—Encantada de conoceros.

—Y él es Clint y su mujer, Becky. Dejaron a Lily, su pequeña, en casa. No tiene edad suficiente para el toro mecánico.

Les hice un pequeño gesto con la cabeza y el dedo, ya que la mesa estaba entre nosotros.

—Y él es Levi. Él es el alguacil local, pero ha trabajado en el rancho. Su esposa, Charlie, es nuestra veterinaria.

Estaban más cerca, así que pude darles la mano, repitiendo sus nombres:

—Levi, Charlie. Clint y Becky...

—Habrá un concurso más tarde —bromeó Charlie.

Johnny se volvió de nuevo hacia mí.

—Ellos son Rand y Natalie. Natalie es dueña del rancho que está al lado del Rancho Wolf, y Rand es dueño de una empresa de construcción.

Rand, Natalie. Intenté decir los nombres en mi cabeza para no olvidarlos.

—Él es mi jefe, Wes. —Johnny me presentó a un tipo musculoso, tatuado y pelirrojo que me ofreció la mano sin hablar. En comparación con los demás, se veía gruñón.

—Pensé que Rob era tu jefe.

Dios, juraba que intentaba acordarme de todos, pero ya me estaba liando.

Johnny se inclinó y murmuró:

—Es el jefe. Y Wes es el capataz. Tengo muchos jefes.

—Somos como un ejército con una larga cadena de mando —afirma Colton.

Johnny señaló a Colton con el pulgar.

—Era un Boina Verde, si no lo habías adivinado por el corte de pelo.

Me reí. Los chicos del rancho Wolf y sus sombreros de vaquero eran grandes y preciosos.

—Ven a sentarte aquí con nosotras, así podremos hablar de chicas. —Becky palmeó el taburete vacío a su lado mientras los hombres nos dejaban atrás y se dirigían a la barra.

Johnny no los siguió, sino que me acercó el taburete como un caballero.

—¿Qué te traigo de beber, cielo? —Posó la mano posesivamente en mi cadera. Me gustaba la forma en que me reclamaba a la vista de todos.

Normalmente me limitaba a una bebida, la misma que había pedido desde la universidad: un cosmo. Pero quería encajar y me estaba aventurando. Le sonreí.

—Sorpréndeme.

Se inclinó hacia mí y me besó. No fue un picotazo rápido porque estábamos en público, sino un beso largo y lento que hizo que todos los presentes gritaran y aplaudieran.

Solté una carcajada nerviosa cuando se alejó hacia los otros chicos con un pavoneo, como si estuviera satisfecho de haber demostrado a todos los del bar a quién pertenecía.

—Alguien está embobado. —Marina me guiñó un ojo.

—Rayos. Normalmente está tan callado. Mi cerebro está tratando de adaptarse —dijo Becky y luego se inclinó más cerca y susurró, aunque no tan suavemente —: ¿Es salvaje en la cama?

Sonreí. Me recordaron a Lyssa y cuando me acosaba en el instituto y en la universidad para que le contara cualquier detalle cuando tenía una cita.

—Muy bien —dije. Si Johnny iba a besarme como si se fuera a la guerra en medio del bar, entonces no le importaba que les dijera la verdad.

—Pero todos conocen a Johnny mejor que yo. Contadme las cositas interesantes. —Me giré para mirar por encima del hombro su ancha espalda, de pie junto a la barra. Dios, estaba bueno. Podría enamorarme de él.

Fácilmente.

Excepto que él ni siquiera me conocía de verdad. Pensó que yo era Lyssa. Se estaba enamorando de Lyssa. ¿Qué pasaría cuando se enterara de la aburrida Emma? ¿Seguiría interesado?

—No sé. Parece que lo conoces muy bien —dijo Marina con una gran sonrisa y un guiño.

Me reí y sentí que un rubor me subía por el cuello.

—Eso no. A ver… quiero decir con la ropa puesta.

—Es un buen chico. Definitivamente digno de confianza —dijo Becky. —Y como todos los chicos del Rancho Wolf, es protector.

—¿Dulce?

—Fuerte.

—Intenso.

—Considerado.

Dieron la vuelta a la mesa y enumeraron los adjetivos que eran realmente precisos. Ropa puesta o quitada.

—Parece tranquilo, pero tiene un lado oscuro. Bueno, no quiero decir oscuro, sino serio —añadió Becky. Su móvil estaba boca arriba sobre la mesa, y la pantalla de bloqueo era de ella y Clint y su pequeña hija que tenía los mismos grandes ojos azules como ella.

Había vislumbrado el lado más serio de Johnny ayer, cuando me contó lo que había pasado con su hermana, pero quería saber si iba más allá.

—¿En serio? ¿Cómo qué?

Sonó una nueva canción y Natalie lanzó un sonoro grito junto con todos los presentes.

—Está muy unido a Clint —dijo Becky, con la voz un poco más alta por encima del ruido.

—Son amigos desde que se mudó aquí. Lo que le

pasó antes de venir aquí, bueno, esa es la historia que Johnny tiene que contarte, pero creo que realmente le dejó marcado. Debajo de todas esas sonrisas que rompen corazones y músculos, es reservado.

¿Johnny reservado? Parecía tan espontáneo.

—Me contó un poco lo que le pasó a su hermana —le dije, preguntándome si se refería a eso.

Becky asintió, dando a entender que también lo sabía. Los demás parecían un poco perdidos, pero no hicieron ningún comentario.

—Sí, eso dejó una huella en él. Tiene un firme sentido de la justicia. Valora la honestidad. Definitivamente no soporta a los imbéciles.

—¿Quién sí? —murmuró Willow, levantando el brazo con una jarra vacía en la mano para indicar a la camarera que pidiera otra.

Valora la honestidad. ¿Qué pensaría de mí que estaba fingiendo ser Lyssa?, ¿fingiendo ser espontánea y que estaba cómoda con mi sexualidad, ser salvaje y libre?

¿Seguiría interesado?

Una camarera se acercó con una jarra llena de cerveza y un vaso de medio litro lleno de una bebida de color amarillo pálido.

—¿Sidra de piña para Lyssa?

Levanté la mano.

—Eso es para mí. Gracias.

—No digas de Johnny puro pesimismo, Beck. —

Audrey apoyó la mano en el antebrazo de su amiga—. Es protector con los que le importan, eso es todo. Y parece que ha decidido que Lyssa le importa.

En grupo, giramos sobre nuestros taburetes para mirar a Johnny. Estaba de pie junto a la barra con los otros chicos. Todos miraban a su mujer específica, y Johnny solo tenía ojos para... mí.

Para mí.

Sentí ese calor, esa necesidad que surgía entre nosotros desde el otro lado del salón.

—Uy, qué caliente —dijo Willow.

—Menos mal que el barracón está vacío —añadió Marina con una risita.

Sí, menos mal, porque cuando le contara a Johnny la verdad sobre mí, que en realidad no me llamaba Lyssa y todo lo demás, no quería a nadie más cerca.

—¡Ooh! —chilló Becky—. Vamos, es nuestro turno en el toro. Anoté todos nuestros nombres ya que ninguna de nosotras está embarazada. Lyssa, ¡lo harás totalmente con nosotras!

Todos se levantaron como si la mesa estuviera ardiendo y se dirigieron hacia el toro mecánico escondido al fondo.

No. No. ¡Por nada me subiría a esa cosa!

Los demás no parecían pensar lo mismo. Por lo emocionados que estaban todos, pensaban que era divertido.

Diversión. Otra vez esa palabra.

¿Me estaba acobardando o tenía temores serios? No era un toro de verdad, y había gruesas alfombras a los lados. Nadie había resultado herido hasta ahora.

Lyssa lo haría. Sería la primera en la fila y lo haría como una auténtica vaquera.

Estupendo. Ahora tenía que hacerlo yo, ¡y con falda! Respiré hondo, seguí a mis nuevos amigos y me preparé para la «diversión».

21

JOHNNY

—PARECE que se está llevando bien. —Colton cogió una botella de cerveza de la larga fila que Cody, el dueño y también cambiaformas, nos sirvió en la barra. Se la llevó a la boca y bebió un largo trago.

Gruñí, no tan feliz de estar tan lejos de ella. Y menos después de aquel beso. Quería estar a su lado, o mejor, tenerla en mi regazo o de alguna manera apretada contra mi cuerpo. Pero Colton dijo que Marina le había dicho que una parte importante del cortejo de las hembras humanas era que el hombre fuera examinado y aprobado por otras hembras. Así que mantuve distancia, esperando que las hembras del Rancho Wolf hablaran bien de mí.

Aun así, me estaba matando. El hecho de que estuviéramos a una noche de luna llena empeoraba todo.

Pude mantener mi agresividad y necesidad de marcarla teniendo a mi compañera desnuda y debajo de mí todo el día. Pero ahora, estaba rodeada de otros machos. Mi lobo quería destruir a cada uno que la mirara.

Todos los tíos del lugar la miraban. ¿Con esa falda, esas tetas y esa dulce sonrisa? Necesitaba decirle a cada cabrón que ella era mía.

—Sí. —Traté de calmar a mi lobo. Y a mi pene.

—¿Qué pasa? —Boyd me dio una palmada en el hombro—. Te estás comportando como Wes.

Inclinó la cabeza hacia el capataz, que lo fulminó con la mirada, lo cual no era nuevo.

A nadie le afectó su mirada contrariada, ya que ésa era su expresión habitual. El tipo tenía una impresionante cara de perra en reposo, excepto cuando se trataba de su hija, Remy.

—No, todo bien.

—¿Qué te ha dicho Lyssa de Chapman? —inquirió Rob.

Fruncí el ceño.

—Nada.

—¿Nada? —preguntó Clint—. ¿Lo has intentado siquiera?

—Lo he hecho, pero no quiero alertarla. Se pone

nerviosa cuando le pregunto por su trabajo. —Hice una pausa, sin saber si debía decir algo más. Pero era mi alfa. Tenía que hacerlo—. Algo está mal.

—¿Qué quieres decir? —preguntó Rob, frunciendo el ceño.

Me encogí de hombros.

—No lo sé. Solo creo que hay algo raro. Sé que lo he dicho dos veces, pero no puedo explicarlo de otra manera. Es una sensación.

Clint y Rob se pusieron en alerta máxima y miraron hacia Lyssa con las otras mujeres. Marina fue la primera, el toro se movía a una de las velocidades más lentas. No había manera de que ella estuviera siendo galopada.

—¿Deberíamos investigarla más? Podemos hacer que la investigadora de datos del consejo la investigue —preguntó Colton.

«No», gruñó mi lobo.

No podía apartar los ojos de mi compañera, que observaba a Marina con una sonrisa en la cara. ¿Quería que la investigaran? ¿Que un hacker cambiaformas que vivía en la lejana Arizona indagara en su pasado? Di un trago a mi cerveza.

—Sí —dijo Rob.

Maldita sea.

En realidad no la quería. Esperaba que confiara en mí y en la relación que estábamos construyendo para que se abriera y me contara todo. Lo bueno y lo malo.

Esperaba poder compartir lo bueno y lo malo también. Aunque mi parte mala podría haber sido demasiado para compartir.

Pero si Rob dijo que sí, entonces eso significaba que sí.

—Estoy en ello —responde Clint. De reojo, sacó su móvil y empezó a teclear. Como ejecutor retirado, tenía la información del tipo literalmente al alcance de la mano—. Le pediré los antecedentes de todos los empleados del rancho de Chapman, no solo de Lyssa.

—Bien —comentó Rob.

Mi lobo gruñó. No me gustaba que nadie la mirara. Ni siquiera mis propios compañeros de manada. Mucho menos cambiaformas de Arizona. Pero tenían razón. Su jefe era problemático. Necesitábamos saber todo sobre ella y cualquiera que trabajara para él, sobre todo si iba a rastrearlo y llevárselo al Consejo.

—Ella no sabe que soy un ejecutor —dije en voz alta a nadie en particular.

Demonios. ¿Qué pasaría cuando se enterara de que me ganaba la vida cazando y matando? ¿Podría un amor como Lyssa quedarse con alguien con tanta oscuridad?

Aunque abandonara la profesión por ella, no cambiaría lo que ya había hecho.

La violencia dentro de mí que salía cuando defendía a alguien. O cuando cazaba a un malhechor como el golpeador de mujeres de hace unas semanas.

No cambiaría lo que era: un asesino.

Marina permaneció encima durante los treinta segundos que duró el trayecto, luego se bajó y chocó los cinco con Becky, que era la siguiente en subir.

—Claro que no. Hasta que la marques, eso queda para ti.

Las palabras de Rob me hicieron mirarlo. Tragué saliva.

Demonios. No creí que ella se lo tomara bien.

—¿No debería decírselo cuando le explique lo de los cambiaformas?

Sacudió la cabeza.

—No. Después de marcarla. Tendrá que saber de nuestra especie, para que entienda que vas a morderla y por qué. Pero la parte del ejecutor tiene que venir después.

—¿Y si...? —Me tragué mi pregunta.

¿Y si no quiere estar conmigo cuando se entere?

¿Y si, al igual que mi manada y mi familia, ya no me miraba de la misma manera?

¿Y si me rechazaba? ¿Me destierra?

Rob levantó las cejas.

—No importa. —Sacudí la cabeza. Pero su consejo parecía retrógrado. Decírselo después de haberla marcado significaba engañarla para que fuera mi compañera. No ser honesto. Eso iba en contra de todo en lo que creía.

Becky no duró mucho en el toro mecánico, ya que el ajuste había sido mucho más rápido. Se cayó sobre una de las colchonetas muerta de risa. A pesar de que no estaba herida, Clint no se detuvo y se abrió paso entre los clientes para llegar hasta ella.

Seguía Lyssa. Me quedé hipnotizado mientras ella se acercaba al toro y lo miraba con la misma expresión con la que los hombres se preparan para montar uno de verdad: con miedo y cautela.

Las mujeres estaban en fila por todo el muro que separaba el bar principal de la zona del toro mecánico. Se reían y le hacían porras, ahora estaba sentada en el toro.

Demonios, la falda se le subía por esos muslos tan bien formados.

De pronto el toro empezó a moverse. Iba tan despacio que parecía roto. Luego cogió un poco más de velocidad e intentó moverse con él, pero sus movimientos eran tan torpes como cuando montó a Chester ayer.

De un segundo a otro, una sonrisa se dibujó en su rostro y los ojos se le iluminaron de emoción. El toro se movió aún más rápido y su brazo se elevó en el aire para mantener el equilibrio.

—No está mal —me dijo Boyd al oído. Era ex campeón de rodeo, así que sabía.

No estaba nada mal. De hecho, se le daba bien por la forma en que subía y bajaba, con las caderas a horcajadas sobre el sillín. Sus tetas rebotaban con cada movimiento de la máquina. Se veía muy sensual.

Mi lobo gruñó y chasqueó porque las mujeres del Rancho Wolf no eran las únicas que miraban. Los hombres que estaban cerca la estaban mirando. Estaban imaginando cómo se vería como una vaquera montando una verga.

Un grupo de hombres a un lado hablaban de ella. Señalándola, sonriendo, mirándola lascivamente. Y uno hacía gestos de follar con las caderas mientras hablaba con otro. Luego chocaron los cinco.

Gruñí. Iba a matarlos a todos.

Tenían que ser humanos. No los conocía. Nunca habían estado en una carrera de la manada que hubiera visto. Si lo hubieran estado, al estar tan cerca, habrían reconocido a Willow, sabrían su rango en la manada y habrían sido más diferentes con las otras hembras marcadas.

La máquina aminoró el ritmo, luego se detuvo, y Lyssa se deslizó hasta la colchoneta, se quedó de pie junto al toro mientras Audrey le hacía una foto con el móvil.

El hombre que quería follarse a mi compañera se acercó a la abertura en la pared para que ella pasara. Se paró allí y esperó.

—Demonios, no —murmuré y me dirigí furioso hacia él. Apreté los puños. Mis ojos se entrecerraron y probablemente se volvieron ámbar. Empujé a la gente para llegar hasta allí.

El tonto la agarró del brazo y la apretó contra la pared lateral. Lyssa se defendió, y fue como con Simi otra vez. No veía bien, veía con los ojos de lobo. Sentía un rugido en mis oídos.

Este tipo iba a hacerle daño.

Iba a hacerle daño a mi compañera.

Tenía que pararlo.

—Suéltame. —Lyssa intentó apartarlo de un empujón.

—Oye. —Willow le agarró el hombro. Era en parte cambiaformas y podía lanzarlo al otro lado del salón si quería, pero no le di la oportunidad.

Aparté de un empujón un top alto y utilicé la mano en el asiento de un taburete para volear mi cuerpo por el aire.

—No la toques, maldita sea—gruñí mientras aterrizaba y arrancaba al tipo de encima de mi compañera. Mi puño conectó con su mandíbula y no solo cayó, sino que salió volando.

Había usado la fuerza de cambiaformas contra un humano —una gran violación de las normas de mi especie—, pero no podía contenerme.

Fue como cuando atacaron a Simi, pero peor. El recuerdo de mi hermana tirada en el suelo, con la ropa arrancada, luchando con un tipo que la doblaba en tamaño me pasó por la mente.

Solo que esta vez, era Lyssa en el suelo del bosque.

La ropa de Lyssa se rasgó.

Este imbécil estaba tratando de violarla.

No era suficiente que el tipo estuviera lejos de ella. Tenía que eliminar la amenaza.

Detener el latido de su corazón.

Iba a acabar con él.

22

EMMA

Sabía que me rescataría.

Ningún hombre me había defendido, pero en cuanto aquel borracho me bloqueó el paso, supe que Johnny aparecería y se encargaría.

Lo que no sabía —pero quizá debería haberlo sabido— era lo temible que se vería mientras lo hacía. Se puso como loco. Sus ojos brillaban, tenía los dientes descubiertos y no se había parado a ver si yo estaba bien después de golpearlo.

—No la toques, maldición —gruñó, aunque lo tenía a tres metros de distancia. Tres metros.

Yo me quedé pasmada. Un poco asustada, pero

estaba tratando de procesar lo que estaba viendo: a Johnny volviéndose completamente loco.

Acechó su paso, que se encaramaba al otro lado de la zona cerrada que albergaba el toro mecánico.

—¡Johnny, no! Detenganlo —oí gritar a uno de los chicos del rancho.

Esa fue mi pista. Me recordó a la historia con su hermana cuando dijo que había llevado las cosas demasiado lejos. También recordé el dolor que sentía por lo que había hecho.

Tenía que detenerlo antes de que volviera a hacer algo de lo que se arrepentiría. No me gustaba que un borracho me ligara, me acorralara y no entendiera la palabra *no*, pero estaba en un espacio público. Las chicas estaban allí. También estaban los chicos del Rancho Wolf. Cody, el dueño del bar, también estaba. Era un salón lleno de tíos no borrachos para ayudar. Podría haber gritado. Había estado un poco enfadada y un poco asustada, pero en realidad no había estado en peligro.

Pero no parecía que Johnny lo viera así.

Clint se abrió paso a empujones. Los otros chicos del rancho también se abrían paso entre la creciente multitud.

—¿Estás bien? ¿Estás lastimada? —Willow se acercó a mí y me miró atentamente.

Sacudí la cabeza y seguí a Johnny, tratando también de abrirme paso entre la multitud cerrada para llegar hasta él.

¿Iba a haber una pelea? Los amigos del borracho estaban gritando y uno de ellos lanzó un puñetazo a Johnny. Juro por Dios que rebotó en sus musculosos abdominales como si no hubiera sentido nada. Siguió acechando a mi atacante. El tipo se había levantado del suelo, pero se tambaleaba, como si no supiera lo que había pasado.

Johnny saltó por los aires —más de metro y medio— y volvió a placar al tipo. Ambos cayeron al suelo, rodando.

Colton y Clint finalmente lo alcanzaron. Johnny echó el brazo hacia atrás para golpear al tipo, pero antes de que pudiera hacerlo, sus amigos le apartaron.

—Llévenselo. Sáquenlo de aquí. —estalló Rob, que estaba justo detrás de los otros chicos.

No me gustaba la forma en que intimidaban a Johnny. Sabía que eran sus amigos y que lo hacían por su propio bien, pero no me gustó que tuviera que lo agarrasen para que no se moviera.

—La lastimó —gruñó Johnny—. Iba a...

Me lancé frente a él, mis manos sobre su pecho cincelado.

—Estoy bien. -Intenté mirarle a los ojos. Parecían salvajes, los iris brillaban casi amarillos en lugar de marrones, y tenía los dientes apretados.

—Johnny —repetí, esta vez con más fuerza.

Su mirada se desvió hacia la mía.

Busqué su cara y la sostuve entre mis palmas. Tenía la piel caliente, sudada.

—Johnny, no estoy lastimada. Tú lo detuviste. No pasa nada.

Se quedó quieto.

—¿Lyssa?

Nunca había odiado tanto oír el nombre de mi hermana salir de sus labios. Realmente quería que fuera a mí a quien miraba con una parte de desesperación y otra de alivio.

—Se te ha ido la olla, chaval. Acabas de causar un mundo de problemas —dijo Rob bruscamente—. En lugar de cuidar de tu com...hembra, estabas buscando sangre.

Quería decirle a Rob que se callara, que dejara de sermonear a Johnny.

Pero estaba bien porque Johnny solo tenía ojos para mí.

—Diablos, Lyssa. Lo siento.

Sus compañeros lo soltaron, sin duda dándose cuenta de que volvía a tener el control. Más allá del estrecho círculo que formaban, el borracho y sus amigos seguían intentando pelear, pero los del Rancho Wolf los ignoraban.

Johnny me abrazó y me alzó como si fuéramos de luna de miel.

—Sí, sácala de aquí —dijo Rob.

Johnny ya se estaba moviendo, como si necesitara sacarme de allí antes de que el lugar explotara.

—Lyssa... perdí el control otra vez. Te he dejado ahí parada.

—Ahora me tienes a mí —murmuré.

La multitud se separó para nosotros, susurrando y mirando. Algunos le daban palmadas en la espalda a Johnny, otros le llamaban idiota y otras cosas. Él los ignoró a todos y me llevó directamente a su camioneta. Allí me dejó junto a la puerta del acompañante.

—Lyssa... —Me pasó las manos por los brazos, luego me agarró el que me había agarrado el hombre y examinó las marcas de dedos que había dejado.

Su rostro volvió a tornarse asesino y un gruñido espeluznante salió de su garganta.

—Estoy bien —dije con firmeza.

Algunos de los amigos del borracho salieron por la puerta principal gritándonos.

—¡Te vamos a matar por eso! —gritó uno de ellos.

El corazón me latía con fuerza, pero me cuidé de no mostrar miedo. No quería que Johnny volviera a pelearse por mí.

—Llévame a casa —le supliqué, sin desear nada más que largarme de aquí.

Miró por encima del hombro a los tonto que se acercaban con las cejas arrugadas.

Willow había salido, seguida por los chicos del Rancho Lobo, y estaba convenciendo a la otra pandilla.

—Ya basta, chicos. Es hora de que todos se vayan a casa —dijo con voz tranquila y autoritaria.

Johnny me devolvió la mirada con una expresión de dolor en el rostro que acechaba sus ojos.

—No querrás decir a la otra casa, ¿verdad?

Dios mío. Recordé que le habían echado después de rescatar a su hermana. ¿Creía que quería dejarle? ¿Terminarle?

Y vaya, ¿ya estaba considerando esto una relación que podía terminarse?

Sí, supongo que sí. En algún momento de las últimas veinticuatro horas, habíamos pasado de la aventura a la eternidad.

Aún se oían voces detrás de nosotros. Quería salir de aquí antes de que pasara algo más. Teníamos que calmar las cosas. Calmar a Johnny. Hacerle ver que yo estaba bien. Que era un estúpido, un borracho siendo estúpido. Nada más.

—A casa en el Rancho Wolf contigo —aclaré, tratando de sonar seria, para que supiera que era la verdad. Después de todas las mentiras, dije la única cosa que creía con mi corazón—. Quiero estar contigo.

Se quedó inmóvil mientras las voces se acercaban. Su aliento salió en una exhalación. Su rostro se arrugó con dolor grabando duras líneas en su piel.

—¿En serio?

Asentí con la cabeza.

Su mirada me recorrió, pero no de la forma acalorada que lo había hecho antes.

—¿Estás bien? Quiero decir... no por lo que hizo, pero...

Willow y Rob interponían sus cuerpos entre los nuestros y los amigos del borracho.

—Subamos a la camioneta, Johnny —le insté.

Parpadeó, pareciendo darse cuenta de lo que ocurría detrás de él.

—Sí. Vale. —Abrió la puerta y me metió dentro, tomándose el tiempo de abrocharme el cinturón.

Me preparé para los problemas cuando cerró la puerta para rodear el camión, pero ni siquiera miró a los alborotadores. Observé por el retrovisor cómo daba la vuelta, con las cejas fruncidas y la mirada baja, como si se lo estuviera pensando mucho.

Cerró la puerta y arrancó el camión. Cuando salimos a la autopista de un solo carril, empezó

—¿Estás bien con lo que... viste? ¿Conmigo?

Le cogí la mano y curvé mis dedos alrededor de los suyos, apoyándolos en mi muslo.

—No te tengo miedo —le respondí.

Frunció el ceño mirando la carretera frente a nosotros, todavía preocupado.

—Podría haberme pasado otra vez esta noche. Maldita sea. —Golpeó el tablero con la mano.

Di un respingo, pero mantuve la calma. No me haría daño.

—Pero no lo hiciste. Todo está bien.

Me lanzó una mirada y luego volvió a mirar a la carretera.

—¿No has... terminado conmigo? —Se le quebró un poco la voz al pronunciar la palabra —Terminado.

—No he terminado. —Mi voz era baja y tranquila. Como un juramento solemne. Volví a buscar su mano y le apreté los dedos, para que recordara nuestra conexión. No podía subirme a su regazo y tranquilizarle mientras conducía, así que eso era todo lo que podía hacer.

Johnny parpadeó rápidamente y su pecho se llenó bruscamente de aire, que retuvo un momento antes de dejarlo salir lentamente.

—Mierda, Lyssa. Siento haber arruinado nuestra noche.

¿Estaba mal que no pensara que estaba arruinado? No quería alabarle ni agradecerle que se pusiera violento, porque definitivamente parecía tener un problema, pero no renunciaría a este momento por nada del mundo.

Esta cercanía. La cruda exposición de un corazón a otro.

Tuve que preguntar.

—Johnny, cuando dijiste que fuiste demasiado lejos la última vez...

Los faros de un coche que circulaba en sentido contrario le iluminaron el rostro y pude ver que la rápida mirada que me dirigió volvía a alarmarme. Mierda.

Hirió a la persona que atacó a su hermana. Por la forma en que me miraba, probablemente incluso peor.

Mi corazón se hundió. Era tan malo como sospechaba. ¿Podría vivir con eso? ¿Un tipo que no conocía su propia fuerza cuando estaba protegiendo a alguien a quien amaba?

Sí, podría.

Por su arrepentimiento. Porque mostró la capacidad de cambiar y el deseo de sanar.

—¿Murió? —Me atreví a preguntar, porque tal vez ayudaría a desahogar el trauma, no agazapado detrás de la puerta como un monstruo.

—Sí. —La voz de Johnny era áspera—. Casi viola a mi hermana. La atacó. Le arrancó la ropa antes de que yo llegara. No quería matarlo, pero luchó y no se contuvo. No iba a dejarlo ir por lo que le hizo, pero pasó a ser una situación de matar o morir.

Asentí y le apreté la mano. Solo podía imaginarme cómo había sido.

—Te quiero.

No quise decir eso. Ni siquiera era el momento apropiado. Pero esas fueron las palabras que se me escaparon. La única ofrenda que se me ocurrió que se ajustaba a la enormidad de lo que había compartido conmigo.

Lo que quise decir fue: *estoy aquí contigo.*

Te compadezco.

No estoy juzgando.

No te rechazaré.

—¿Sí? —La palabra estalló de Johnny, y cuando miró hacia él, sus ojos brillaban de nuevo, destellando amarillo anaranjado en la oscuridad.

—Quiero decir... no quise...

—No te atrevas a arrepentirte.

Suelto una carcajada aliviada.

—Vale. Entonces no lo haré. —Dios, sentía el corazón tan lleno que mi pecho apenas podía contenerlo—. Es que... es rápido. Demasiado rápido, tal vez.

—No te retractes. Sé que, como dijiste, parece rápido, pero Lyssa, sentí algo especial en el momento en que te conocí. Sabía que eras la elegida. ¿Puedes creerlo?

Tragué saliva. Me lloraban los ojos.

Nunca había imaginado que alguien pudiera decir que yo era la elegida.

Dios, toda mi vida he sido la otra.

Johnny me quería a mí, a Emma.

Al menos pensaba que me quería.

¿Y si lo que realmente quería era la versión Lyssa de mí? No la verdadera yo. ¿Y si se decepcionó cuando descubrió que yo era la vieja y aburrida Emma? ¿Nadie interesante en absoluto?

Aparté esos pensamientos de mi mente y me encontré con la mirada de Johnny.

—Lo creo —susurré, porque era casi cierto.

Quería que fuera verdad.

Eso fue suficiente, ¿verdad?

23

JOHNNY

Santo cielo. Me había perdido tantas cosas en la vida antes de Lyssa. Antes de que me dijera que me quería. Ahora me sentía realizado. Mi lobo estaba feliz. Excepto que mi lobo y yo apenas nos aferrábamos al control. Lo que pasó con ese estupido en la taberna de Cody fue la prueba. Quería morderla, marcarla, hacerla mía.

Cuando volvimos al barracón, ni siquiera había ayudado a Lyssa a bajarse de la camioneta antes de meterme dentro de ella. Le quité el cinturón de seguridad, la saqué, le di la vuelta, le levanté la falda y me la follé.

Rudo, duro, profundo.

Hice que Lyssa olvidara que ese capullo alguna vez

existió. Le hice saber que era mía. Me tranquilicé temporal y únicamente cuando me corrí y derramé mi semen sobre su perfecto culo de melocotón y se lo unté en la piel. No la dejé ducharse ni limpiarse. Podía olerme en ella.

Eso calmó a mi lobo, que estaba desesperado por marcarla.

Esta mañana habíamos dormido hasta tarde y luego la había llevado a un espectacular paseo por un lago de montaña, donde habíamos hecho un picnic para almorzar. Volvimos, nos dimos una larga ducha y planeamos volver a la cama para echar una siesta, ya que anoche la había mantenido despierta hasta muy tarde gritando mi nombre.

Sonó el móvil de Lyssa. Miré subrepticiamente la pantalla para ver si era Chapman, pero en la pantalla se leía Stan.

Mi lobo gruñó al ver el nombre de un hombre allí. Mierda, la luna llena me tenía muy posesivo.

—Es mi antiguo jefe. —Me miró como si yo pudiera aconsejarla en algo. Como si estuviera desgarrada.

—¿Qué quiere?

—Creo que quiere que vuelva. —Tragó saliva y pulsó a la derecha para contestar. Al mismo tiempo, llamaron a la puerta del barracón.

Mierda. ¿Quería que volviera?

Lo abrí y encontré a Rob.

Sabía que esto iba a pasar. Lo había estado esperando, y cuanto más pasaba el día sin saber de él, más había empezado a temerlo.

—¿Tienes tiempo para hablar? —Los pulgares de Rob estaban metidos en los bolsillos delanteros de sus jeans, y aunque parecía todo informal, no lo era. Además, su pregunta no era una pregunta en absoluto.

Quería hablar, y el momento era ahora.

Miré detrás de mí, vi a Lyssa al teléfono.

—Claro —dije—. Déjame coger una camiseta.

Solo vestía los jeans después de ducharnos. Ni siquiera me los había abrochado.

Ya vestido, salí y cerré la puerta tras de mí.

Caminamos unos minutos hacia el granero, lejos de cualquier posibilidad de que Lyssa nos oyera.

—Siento lo de anoche, Alfa. Sé que he perdido control. —Me detuve en medio del claro. Rob se detuvo también y se volvió.

—Seguro que sí. Podrías haberlo matado con tu primer puñetazo.

—Lo sé.

—Tienes suerte de no haberle roto el cuello. —Hubo una orden alfa en su voz que me golpeó de lleno en el pecho, prácticamente inmovilizando mi cuerpo. Fue mucho peor que un grito.

Me restregué la mano por la cara, la vergüenza me inundaba. Maldición. ¿Y si Rob decidía que yo era un lastre para la manada? ¿Y si me echaban de la manada del Rancho Wolf como me pasó en casa?

Una sensación de terror me invadió como el hielo.

—Lo sé, alfa. Lo siento.

Milagrosamente, Rob cedió. Quizá vio el pánico en mi expresión, porque me puso una mano en el hombro y su tono cambió.

—No pasa nada, chaval. La luna estaba casi llena y él estaba tocando a tu compañera que no has marcado. Tu lobo se puso protector.

Gracias a Dios. No me iban a echar.

—Podría habernos pasado a cualquiera de nosotros.

Agaché la cabeza y sentí un gran alivio.

—Mierda. Gracias por decir eso. Solo quiero ser un activo para esta manada. Yo...

—Lo eres. —Me apretó el hombro y lo soltó—. ¿Cómo van las cosas con Lyssa, aparte de la pelea de anoche?

—Muy bien. No huyó después de lo de anoche. Aunque suene loco, creo que en realidad nos acercó más.

—Bien. Entonces márcala.

Sacudí la cabeza.

—Todavía no. No está preparada. Ni siquiera han pasado dos días —le recordé.

Asintió, pensativo.

—Se ha comunicado conmigo el hacker de Arizona. Lyssa concuerda. Tengo el informe en mi escritorio. Edad, antecedentes, foto, todo coincide. No hay nada ahí.

Sabía que era de verdad, pero aun así me sentí aliviado. Quizá porque así Rob se sacaría de la cabeza que ella era una posible amenaza, a pesar de que no lo dijera en voz alta.

Me miró de cerca.

—¿Qué te ha dicho ella sobre Chapman?

Exhalé.

—Nada nuevo. Nada de nada.

—¿Lo llamó?

—Sí, ayer. No contestó.

En ese momento, me había sentido aliviado. Pero ¿ahora? Maldita sea. Aunque me había dado dos días, sentía el peso del mundo sobre mis hombros. Chapman no se estaba volviendo menos culpable por haber encontrado a mi pareja. Que yo me tomara un tiempo libre no ayudaba a que lo atraparan y a que el tráfico se detuviera.

La presión de estar con mi compañera equilibrada con este nuevo trabajo era mucha. También lo era que me obligaran a marcar a una humana que, aunque había dicho que me quería, era... asustadiza. ¿Cómo iba a hablarle de los cambiaformas, del marcaje y de ser mío para siempre cuando podría marcharse?

—Tienes que sacarle esa información.

—¿Qué quieres que le pregunte? Hace semanas que no lo ve. No sabe dónde está.

—Que le llame otra vez.

—Hablamos de esto. Admito que la distraje.

—Deja un mensaje diciendo que hay un triturador de basura malo o que la máquina de hielo está filtrando y dañó los pisos de madera. Algo. Me importa una mierda. Ponlo al teléfono y que pregunte dónde está y cuándo volverá a su rancho.

No quería que Lyssa estuviera en medio de nada que tuviera que ver con Chapman. El mero hecho de saber que era una empleada suya y que había estado viviendo sola en su casa me daba ganas de perder los nervios. Empecé a caminar. Luego me halé el pelo.

—Escucha, tienes que tener cuidado con ella esta noche. Probablemente deberías salir con nosotros a la carrera de luna llena para desahogarte. De lo contrario, tu lobo podría tratar de marcarla sin tu intención. Con la forma en que te comportaste anoche, no sé si puedas controlarte.

Asentí con respeto, pero ni de coña podía dejar a Lyssa aquí sola, ni siquiera con las otras mujeres esta noche. Acabábamos de conocernos. No se iba a quedar a esperarme si la abandonaba. Y lo que estaba claro era que no quería que volviera al rancho de Chapman, donde podría estar en peligro, mientras yo me iba con mis compañeros de manada.

Aun así, murmuré: «Sí, Alfa» para quitármelo de encima.

Rob se quitó el sombrero y se fue hacia el granero. Giré sobre mis talones y regresé al barracón.

Lyssa estaba en la cocina preparando café. Debería

haberme sentido mal de que estuviera tan cansada como para tomar una taza a estas horas, pero el recuerdo de haberla mantenido despierta para follármela una y otra vez -a la hembra que decía amarme- no hizo sino endurecerme el pene de nuevo.

—Hola, cariño —murmuré—. No necesitas café. Vamos a dormir la siesta, ¿recuerdas?

Miró por encima del hombro desde donde estaba midiendo el terreno. Llevaba el pelo largo y despeinado por la espalda.

La quería.

—Ah, sí. Me apetece.

—¿Cómo estuvo la llamada?

Ladeó la cabeza.

—Me ofreció un nuevo puesto del que me habló ayer.

Intenté mantener la calma, pero mi lobo no estaba contento.

—¿Era este el trabajo en Hollywood haciendo efectos especiales? ¿El que dejaste hace unos meses?

Dudó una fracción de segundo.

¿Qué es lo que no quería decirme?

—Sí. Fue... una locura. —Dejando a un lado la cafetera, se giró para mirarme. Después de nuestra ducha, se había vestido, pero no mucho: vestía una de mis camisetas y definitivamente no llevaba sujetador ni pantalones cortos.

Me distraje con sus pequeños pezones duros y sobre si llevaba bragas.

Enrosqué el dedo y, como una buena chica, vino hacia mí. La rodeé con mis brazos y puse mis manos en su culo.

Demonios, sin bragas.

—¿Qué fue una locura, cariño? —pregunté, tratando de mantenerme concentrado. Su olor y su culo desnudo equivalían a una verga dura.

La cogí en brazos. Con un chillido, me rodeó el cuello con los brazos. Nos acomodamos en el sofá para hablar. Ella estaba en mi regazo de lado.

—Háblame de tu jefe. Por qué el trabajo era una locura.

Suspiré.

—Trabajaba ochenta horas a la semana y lo que producía nunca era suficiente. No tenía vida fuera de mi trabajo, lo que habría estado bien, porque en realidad me encantaba el trabajo cuando empecé, pero llegué a odiarlo.

—¿Por qué?

Suspiró y sacudió la cabeza.

—En Hollywood están locos. Era un ambiente de trabajo tóxico, sin duda. Todo se hace por comité y hay demasiados dedos en el pastel. Hay productores, directores, managers, actores, diseñadores, y cada uno de ellos te da instrucciones completamente distintas. Te piden algo, pero no saben muy bien lo que quieren, así que nunca están contentos con lo que les das. Y mi jefe siempre me hacía sentir que era culpa mía.

La abracé con más fuerza. Quería nombres. Cualquiera que hiciera sentir mal a mi compañera necesitaba una charla.

—Suena del culo.

Ella asintió.

—Sí. Entonces renuncié. Simplemente me fui, lo cual no es propio de mí. Y así es como acabé en Montana.

—Trabajando para Chapman. ¿Cómo conseguiste ese trabajo?

—Pues...

¿Estaba conteniendo la respiración?

—Mi hermana en realidad me enganchó con él. Sabrá Dios cómo conoció a Chapman. Es de las que conoce gente y hace contactos allá donde va.

Sonreí.

—Suena divertida.

Por alguna razón, Lyssa no respondió. Su aroma se agrió un poco.

—Pero ni de lejos tan divertida como tú —dije, intentando arreglar lo que hubiera hecho mal.

Dejó escapar una risa irónica y miró hacia abajo.

—Yo no soy la divertida.

—¿Qué? La cogí por la cintura y la coloqué en mi regazo, a horcajadas y de cara a mí.

Me examinó la clavícula.

—¿Crees que no eres divertida?

Se encogió de hombros.

—No comparada con mi hermana.

Me reí entre dientes.

—Créeme, Lyssa, cariño. Eres divertida. Me he divertido más contigo en los últimos dos días que en toda mi vida.

Eso le arrancó una sonrisa y su mirada oscura se dirigió a la mía.

—Sí, yo también.

—Entonces, ¿le dijiste a tu jefe que se fuera a la mierda? ¿Qué te dijo?

—Le han contratado para hacer los efectos de una nueva película y quiere que participe. Le dije que no. Me dijo que me lo pensara y me ofreció el triple de lo que ganaba antes.

Mi corazón se detuvo por un momento. Sí, estaba jodidamente orgulloso de que la quisieran tanto, pero yo la quería más. Mi compañera podría dejar el estado.

—Vaya. ¿Lo estás considerando? —Intenté mantener la voz neutra. Quise decir—: ¿Y tu trabajo en el rancho? —pero me contuve. Ese trabajo ya había terminado. Lo más probable era que Chapman estuviera muerto y ella se mudara aquí.

Excepto que ahora tenía esta gran oferta de trabajo...

Maldita sea. No quería que volviera a Los Ángeles. Pero un buen novio apoyaría su elección de carrera. Un buen compañero mataría o moriría para asegurarse de que ella fuera feliz. Lo que significaba que tendría que encontrar un trabajo en Hollywood. Tal vez acrobacias, ya que era casi indestructible.

Solo dudó un momento.

—La verdad es que no. El buen dinero no cambia un ambiente de trabajo terrible.

Suelto el aliento que estaba conteniendo.

—Bien. Porque vas a estar bastante atada aquí en el futuro inmediato. —Le mordisqueé el cuello—. O esposada al menos.

—Mmm, ¿lo soy? —Su voz tenía un sonido sensual que iba directo a mi verga.

Esa fue mi señal. Era oficialmente la hora de la siesta. O, al menos, la hora de volver a estar horizontales y desnudos.

Volví a levantarla y me dirigí al dormitorio.

24

EMMA

Soñé con Johnny. Estaba luchando contra alguien por mí: Stan, pensé. Pero entonces lo llamé por su nombre, se detuvo, se dio la vuelta, se arrodilló en un campo dorado y me pidió que me casara con él.

Me desperté de la dichosa siesta con la sensación de su duro cuerpo envolviendo el mío.

—Estás despierto.

Abrí los ojos y miré por encima del hombro. Lo encontré apoyado en un codo, estudiándome. La habitación estaba a oscuras, salvo por la luz de la luna que se colaba por las ventanas; ¿cuánto tiempo habíamos dormido? Parecía que toda la tarde.

Me reí, avergonzada.

—¿Me estabas viendo dormir?

—Solo me maravillaba.

—¿Con qué?

—Con lo hermosa que eres. —Como si nada, su verga se agitó contra mi culo, lista para más, aunque habíamos hecho el amor antes de la siesta. Era insaciable, y yo también.

—Todos estos elogios se me van a subir a la cabeza. —Le quité la mano de la cintura y la subí para cubrirme el pecho, dándole luz verde para más momentos sensuales.

—Quiero que se te suba a la cabeza. —Me colocó suavemente boca arriba y luego rodó sobre mí—. Y a tu coño. —Movió las cejas sugestivamente.

No pude evitar reírme o mover las caderas para encontrarme con las suyas.

—Casi todo lo que tú haces y dices va directo a mi vagina—admití. —Me excitas solo con existir.

—Hostias. —Las caderas de Johnny chasquearon y su verga completamente erecta se introdujo en el espacio justo debajo de mi sexo. No pude evitar el gemido que se escapó de mis labios.

Estaba resbaladiza y húmeda para él; no había mentido sobre mi excitación constante. Había tenido necesidades en el pasado, hasta me ponía cachonda, pero esto era algo más. Era un... deseo. Deseaba a Johnny y el placer que compartíamos.

—Vas a hacer que me corra antes de que te penetre, cielo —gruñó.

Le besé la mandíbula, inclinó la cara hacia la mía y juntó nuestras bocas. Cuando deslicé mi lengua entre sus labios, asumiendo el papel de agresora para variar, gimió.

—¿Cómo voy a contenerme esta noche? —Miró hacia la ventana—. Hay luna llena. Estás desnuda y debajo de mí. Tu coño está húmedo y caliente. Voy a morir tratando de no ir demasiado lejos.

—¿Qué quieres decir con «ir demasiado lejos»? Me encanta todo lo que me haces. —Moví las caderas debajo de él, deseando meterlo dentro de mí. No era como si fuéramos adolescentes que aún no habían tenido sexo. Sus palabras no tenían sentido. Sobre todo después de que escogiera algunos juguetes de aquella caja y los usáramos.

—Solo quiero decir... ser demasiado agresivo. Ser demasiado rudo. Estoy tan excitada que podría golpearte hasta dejarte inconsciente.

Una amplia sonrisa se dibujó en mi rostro. Sí, por favor.

—Vamos a intentarlo.

Las cejas de Johnny se abrieron con una sonrisa que hacía juego.

—Me estás matando. —Se apartó de mí—. Quédate ahí. Voy a por un preservativo.

—No. No hemos sido tan consecuentes con eso...

Me sonrió tímidamente, pero también tenía un brillo feroz en los ojos. Como si no le importaran las consecuencias, o incluso las quisiera.

—Me tomo la píldora, así que estoy bien si tú lo estás.

Me estudió un momento y luego gruñó.

Dios, me hacía sentir tan sensual que me deseara tanto, que me viera tan atractiva que temiera perder el control.

Pero, ¿y si nada de eso era real? Sabía que la parte física era real, pero tal vez lo había convertido todo en algo en su cabeza, alguna fantasía para él que no encajaba con lo que yo era en realidad.

Igual que yo lo había cosificado como mi «vaquero delicioso» antes de conocerlo.

¿Y si todo esto se le pasaba en unas semanas o unos meses, cuando se daba cuenta de que yo no era la verdadera Lyssa? ¿Qué pasaría si se enterase de que yo era simplemente Emma, la buena chica conservadora que nunca se arriesgaba, coqueteaba ni se subía al coche de un vaquero sensual con una maleta pocas horas después de conocerlo y follar con él?

Yo no era la mujer que tenía una caja de juguetes sexuales.

No fui yo quien hizo amistad rápidamente con un grupo de mujeres en una taberna.

Tal vez esto iba demasiado rápido. Quizá me despertaría en una semana o un mes y me daría cuenta de que me habían tomado el pelo, y no en un toro mecánico.

Dios, ¿y si Johnny fuera realmente bueno seduciendo mujeres? Del tipo «úsalas y déjalas».

¿Y si me estaban engañando? O estafado o lo que sea.

Antes de que pudiera desmayarme del todo, Johnny separó mis rodillas con las suyas.

—¿Quieres esta verga, nena?

En cuanto volvió a estar cerca, olvidé mi paranoia y me agaché para guiarle hacia dentro.

—Sí.

Me la metió dentro.

—¿Dónde la quieres? —Empujó al final, arqueando la cabeza de su pene hasta golpear mi pared interior—. ¿Aquí?

—Sí —susurré, ya perdida por la sensación.

Se sentía tan bien. Era como si nuestros cuerpos estuvieran hechos el uno para el otro. Tal vez había algo en el destino.

Por otra parte, tal vez fue una frase que Johnny usó.

No, me estaba volviendo loco. Esto era real. Quería que fuera real. Le dije que le quería. Me mordí el labio porque sus embestidas me gustaban mucho, pero para no soltarlo de nuevo. ¿Había metido la pata al decirlo?

La vocecita dentro de mi cabeza me preguntó: *pero ¿estás siendo sincera con él? Había fingido una llamada a mi falso jefe.*

Vete a la mierda, voz. Era Lyssa ahora mismo. Y

Lyssa podía tener sexo ardiente y sin sentido cuando quisiera. No se obsesionaba con si el hombre decía lo mismo a todas o no. Simplemente disfrutaba. Y ese pene mágico.

Eso es lo que necesitaba hacer ahora. No adelantarme porque había soltado un «te quiero».

—¿Estás bien? —Johnny miraba mi cara mientras entraba y salía de mí.

—¡Sí! —Maldición, tenía que dejarme de dudas—. Se siente muy bien.

Se retiró.

—¿Solo muy bien? Quizá necesites algo más. —Me puso boca abajo y me dio una palmada en el culo.

Sacudí los pies.

—¡No! Necesito tu pene. Es todo lo que necesito.

—Bueno, habrá algo más. Maldita sea, sí. Quiero que ese precioso culo tenga mi tapón cuando te folle esta noche.

—Dios mío.

Eso fue todo. Todos los demás pensamientos se desvanecieron mientras me rendía a las sucias palabras de Johnny y a su hábil dominio. Me quedé allí jadeando de necesidad mientras él lubricaba mi culo y el tapón, y luego lo introducía suavemente.

—Mírate cómo has cogido el tapón. Qué niña tan sucia —dijo, y luego me dio la vuelta.

Cuando esta vez me penetró, ya tenía los ojos en blanco. Estaba inundada de deliciosas sensaciones: mi culo taponado, su pene entrando y saliendo. Tan apretado. Tan lleno. Tan... travieso.

Perdí la noción del tiempo, no sabía si llevábamos unos minutos o una hora. Estaba suspendida en el placer. Johnny se puso más duro. Apoyó una mano en el cabecero y la cama se balanceó y crujió, golpeando contra la pared a un ritmo cada vez más rápido.

Cuando abrí los ojos, Johnny respiraba con dificultad. Sus ojos brillaban a la luz de la luna y tenía la mandíbula apretada, como si intentara contenerse. Todavía.

Vaya. Tal vez realmente podría ir demasiado lejos. Esto era lo más duro que podía soportar. Pero una parte traviesa de mí —la aspirante a Lyssa— deseaba ver qué quería decir Johnny. Qué tan rudo se pondría. Sabía que era rudo, ¿pero esto?

Me acerqué a él y le arañé los hombros con las uñas, empujándole con más fuerza.

—Lo quiero, Johnny —le supliqué, moviendo las caderas de un empujón a otro—. Lo quiero todo. Dámelo.

—DIAAAABLOS —gimió—. ¡Diablos, Lyssa!

Ni siquiera me importaba que me llamara así, ya que ese era el papel que estaba interpretando. A esta versión de mí le gustaba que me metieran algo por el culo. Me encantaba que me follaran duro. Desinhibida. Necesitada.

—Sí, Johnny. Dame más duro.

—¡Maldita sea! —gritó, embistiéndome, sacudiendo las caderas.

Juraría que estábamos tan conectados que podía sentir el calor de su semen dentro de mí. Dejó caer su cabeza en mi hombro y luego...

—¡Ay! —Chillé cuando me mordió un poco fuerte. Sentí como si un diente me rompiera la piel. Mi espalda se arqueó, mi cuello se sacudió.

—¡Puta vida! —gritó—. ¡Mierda, Lyssa, lo siento mucho!

En un abrir y cerrar de ojos, más rápido de lo que podía seguir, Johnny se zafó de mí y estaba en la puerta.

—¡Diablos! —Esta vez fue más un gruñido salvaje que una palabra.

Sus ojos brillaban en la oscuridad como los de un animal.

Y de repente... ¡era un lobo!

¡Un enorme lobo negro parado en la puerta del dormitorio!

JOHNNY

Lyssa gritó.

Maldición. La lastimé. Había empezado a marcarla, a pesar de la advertencia de Rob.

Había perdido la cabeza cuando me dijo que me la diera. Mi lobo se confundió y pensó que se refería a reclamarla. No una buena y dura paliza con mi verga porque le había puesto un tapón en el culo.

Entonces, su grito y la idea de que estaba herida me hicieron cambiar a forma de lobo, listo para defenderla.

Contra... ¡Yo mismo!

Diablos, maldita sea.

Entré y salí de la puerta del dormitorio. Estaba fuera

de control. Tenía que alejarme de ella antes de causar más daño.

La había cagado.

Otra vez.

Había ido demasiado lejos, y ahora mi lobo quería atacar a alguien porque había olido la sangre de nuestra compañera y el olor metálico del miedo que desprendía.

Será mejor que me aleje. Deja que se calme. Que el olor a sangre y sexo se disipara. Necesitaba descargar esta energía, como Rob me había aconsejado antes de empeorar las cosas.

No había escuchado a mi alfa. No había tomado sus advertencias lo suficientemente en serio, y mira dónde me llevó. Un compañero que parecía petrificado de mí. Que estaba sangrando.

Me di la vuelta, chocando contra el marco de la puerta con mis enormes patas traseras mientras me escabullía.

—¿Johnny? —Había pánico en la voz de Lyssa. Hizo que mi lobo se volviera aún más loco.

Maldición, ¿me estaba siguiendo? ¿Desnuda, perfumada como yo, el coño chorreando, el tapón en el culo?

—¡Johnny, espera!

¿No tenía miedo?

Debería estarlo. No podía quedarme y dar explicaciones ahora. Ni siquiera estaba seguro de ser capaz de volver a mi forma masculina. Tenía que poner distancia entre nosotros hasta que recuperara el control de mí mismo. Salí disparado hacia la puerta lobuna de la cocina y me adentré en la noche. Corrí por la ladera de la montaña. Lejos de mi compañera. Para protegerla.

En algún lugar a lo lejos, oí el aullido de mis hermanos que ya habían salido a correr con la luna llena.

Incluso desde la distancia, oí la voz de Marina llamando desde la parte delantera de la casa del rancho.

—¿Lyssa? ¿Eres tú?

Escuché el sonido de pies corriendo. De Marina. De Lyssa.

Bien. Ella cuidaría de mi compañero. Tal vez explicarle cosas. Tal vez conseguir su atención médica, si lo necesitaba. Audrey probablemente estaba allí con su hermana y podría ayudar.

Ese pensamiento hizo que mi lobo gruñera en voz alta. Nuestro compañero estaba herido. Quería ir a matar a alguien.

Ese alguien sería yo, sin embargo. ¿Cómo pude hacerle daño? ¿Asustarla? ¿Cómo pude haber hecho eso?

Mi lobo estaba confuso.

Fuera de control.

Subí corriendo por la ladera de la montaña, con las patas escarbando en las rocas para llegar a un terreno más alto, pero me detuve, levanté la nariz hacia la luna y aullé por lo que había hecho.

Tuve que preguntarme si Lyssa estaría allí cuando se pusiera la luna.

26

EMMA

—¿Johnny? Johnny, ¡vuelve! —Estaba en la puerta del barracón, envuelto en nada más que una sábana. El aire era frío, la noche de alguna manera viva. Y mi novio era un hombre lobo.

¡Mierda! ME CAGO EN LA PUTA.

No sabía cómo procesarlo. Ni siquiera podía hacerme a la idea. Un segundo estábamos teniendo sexo increíble, y al siguiente, ¡me mordió!

Dios mío. ¿Estaba infectado? Y si era así, ¿de qué? ¿Me iba a convertir en una criatura peluda con grandes dientes?

Cuando mi hermana iba y hacía locuras, seguro que

no le pasaba algo así. Oh, no. Era posible que finalmente ganara el premio a la hermana loca de remate.

Me había follado a un hombre lobo. Solo le dije que volviera, también.

¿En qué había estado pensando? No podía quedarme aquí. No podía esperar a que un lobo volviera y... ¿y qué? ¿Comerme? ¿Hacerme pedazos? ¿Morderme otra vez?

Pasé los dedos por el lugar que había mordido. Salió un hilillo de sangre, pero solo picaba un poco.

No podía quedarme aquí. No podía estar solo, así que comencé a subir la colina hacia la casa principal. Marina estaría allí. Los otros también.

Antes de que pudiera pensar qué decir cuando llegara, Marina me llamó. Gracias a Dios.

—¿Lyssa? —Corría por el camino de grava hacia mí, seguida de Audrey, Natalie y Becky—. ¿Te encuentras bien? ¿Qué ha pasado? —Las mujeres me rodearon y abrazaron mi cuerpo tembloroso.

—J-j-johnny. —Me temblaban los dientes.

—¿Qué ha pasado?

Levanté la mano y me di un golpecito en el hombro. Me costaba recuperar el aliento.

—La ha mordido —dijo Audrey con voz calmada de médico. Inclinó la cabeza para examinarme la herida, aunque en realidad estaba demasiado oscuro para ver nada bien—. Sube a casa para que pueda mirártelo.

Las cuatro mujeres me guiaron por el camino hacia

la casa del rancho. No parecían sorprendidas. No parecían asustadas.

—Es...

¿Cómo lo decía? ¿Cómo explicaba lo que acababa de ver? Que mi novio se convirtió en un monstruo en luna llena.

Había leído todos los libros de Harry Potter. Sabía cómo funcionaba esto. Johnny había dicho que era luna llena y yo no le había dado importancia. Pero en la historia, el profesor Lupin era un hombre maravilloso que no podía evitar en lo qué se convertía cuando había luna llena. Eso debía ser lo que le pasaba a Johnny. Por qué a veces perdía el control, como en el bar la noche anterior. Por qué temía «ir demasiado lejos» conmigo esta noche.

No podía culparle por eso, ¿verdad?

Sabía que Johnny no quería hacer daño a nadie. Que se preocupaba profundamente por los que le rodeaban, incluida yo.

Sentí una gran compasión por su difícil situación. Debía de ser horrible conocer otra faceta de uno mismo cada vez que había luna llena.

No iba a rechazarlo por esto. Yo amaba a este tipo. Con verrugas y pelaje y todo.

Definitivamente no quería que fueran a cazarlo. ¿Debería guardarlo para mí?

—Johnny...

—¿De verdad te mordió? —preguntó Becky amablemente. Con calma. Con demasiada calma.

La miré con los ojos muy abiertos. ¿Cómo podía ser tan directa? ¿Lo sabía?

Mi mano volvió al lugar de mi cuello donde su diente me había mellado. No sabían que mi pequeño corte era de un mordisco. Podría haberme cortado de muchas maneras.

Lo que significaba que lo sabían.

—Es un lobo. —Lo dije como una afirmación, no como una pregunta.

—Sí, cariño —dijo Becky con el mismo tono de voz que utiliza un padre cuando tiene que admitir que Papá Noel no es real.

Ya estábamos en el rancho y me llevaron a toda prisa a la cocina. Audrey cogió una toalla de papel, la dobló y me la puso en el cuello para detener la hemorragia.

—Tráeme el botiquín —le dijo a Marina.

Así que sabían lo de Johnny y lo aceptaron de todos modos. Sabía que eran buena gente. Me alegré mucho de que le cubrieran las espaldas.

Santo cielo, pero ¿qué implicaciones tenía para mí?

—¿Ahora yo también estoy infectada? —chillé.

Natalie me empujó a una silla de la cocina y se sentó en una frente a mí. Me rodeó con la mano que no sujetaba mi sábana.

Sus ojos clavaron los míos.

—No estás infectada. No es una enfermedad. Son una especie diferente a la nuestra.

Tragué con fuerza, con la boca repentinamente muy seca.

—¿Son?

¿Eso significaba...?

¡El Rancho Wolf! El propio nombre del lugar era una pista.

—¿Todos los chicos son hombres lobo?

—Lobos cambiaformas. —Marina llegó con un botiquín de primeros auxilios, que puso sobre la mesa y abrió—. Hombres lobo no.

Becky sacó inmediatamente unas gasas con alcohol, abrió una y se la entregó a Audrey.

—¿Cuál es la diferencia? —pregunté, con los ojos desviados entre ellos.

—Los hombres lobo no existen. Son cosa de las películas de terror. Son leyendas transmitidas a través de la historia por humanos que vieron cambiaformas y no los entendieron. Por eso mantenemos su existencia en secreto. De lo contrario, serían cazados y asesinados.

Audrey me limpió la herida y la inspeccionó, que ahora me escocía más por el alcohol.

—No es demasiado profunda. Y parece que solo ha sido un diente. —Encontró la mirada de su hermana por encima de mi cabeza, pero no pude interpretar su mirada.

Pero no tuve tiempo de preguntar porque oí a Johnny gritar fuera.

—¿Lyssa? Demonios, ¿Lyssa?

La puerta se abrió de golpe y mi novio estaba allí, desnudo delante de todos, con sus ojos desorbitados buscando los míos. Estaba sucio, sudado y tenía un trozo de hierba en el pelo.

—Lo siento mucho, cariño. —Caminó hacia mí, rápido, al principio, y luego se detuvo a una distancia prudencial, como asegurándose de que yo tuviera espacio—. Tenía que irme, pero entonces no pude. Dime que me quede. O dime que me vaya.

—Tápate, Johnny. —Becky cogió un paño de cocina y se lo lanzó riendo. Él la cogió y se la puso delante de la entrepierna.

—Os daremos un poco de espacio —dijo Marina, dándome unas palmaditas en la mano, y las mujeres desaparecieron. No me dejarían si estuviera en peligro, ¿verdad?

Permanecí sentado, todavía en estado de shock. Intentando digerirlo todo.

Su mirada me recorrió, como si catalogara todo lo que veía.

—No quería morderte, cariño. Lo siento mucho. Fue un accidente, me emocioné demasiado. Luego mi lobo se enfureció porque te habían herido, así que corrí para controlarme. Debería alejarme, pero no puedo. ¿Estás bien?

Asentí, poniéndome en pie. ¿Estaba loca por estar de

acuerdo con esto? ¿Fuese lo que fuese? ¿Era yo, Emma, la que quería a Johnny o mi lado loco de Lyssa? ¿Lyssa querría a un cambiaformas? ¿Un tipo desnudo que se convertía en lobo y corría con la luna llena?

Lo haría. Lo hice.

—Estoy bien.

—Gracias, demonios. —Johnny corrió hacia delante y luego se detuvo en seco. —¿Puedo tocarte? ¿Te puedo alzar?

Me encantaba que pidiera permiso. Que tuviera cuidado conmigo, incluso de sí mismo.

Estaba tan confusa. Tan abrumada. Y, sin embargo, sin pensarlo, le eché los brazos al cuello sudoroso.

—Álzame —le dije.

Me cogió en brazos y me llevó en dirección al barracón, con la puerta de mosquitera golpeando detrás de nosotros.

—¿Estás bien? ¿No me tienes miedo? —Tenía las cejas fruncidas y caminaba deprisa, como si no pudiera esperar a llevarme sana y salva a nuestra cama.

—Estoy... estoy bien —volví a decir.

—No, no lo estás. —Sonaba tan afligido—. Lyssa, nunca quise hacerte daño. Es que... morder es algo que los lobos hacen con sus compañeras. Pero tú eres humana, así que, por supuesto, no lo sabías. No te curas rápido como lo haría una loba, así que dolió, y todavía hay un pequeño corte. Lo siento mucho. Rob me advirtió que no estuviera contigo esta noche de luna llena, pero no podía soportar la idea de estar lejos. La he vuelto a cagar.

Apoyé mi cabeza en la suya.

—De verdad que estoy bien. Ha sido una sorpresa y mucha. Entonces, ¿te conviertes en lobo en luna llena? —Tenía tantas preguntas—. Me dijeron que no eres un hombre lobo, eres un lobo cambiaformas.

La respiración no se le aceleró ni un poco al llevarme en brazos.

—Así es. La luna nos afecta, seguro. Saca nuestro lado lobo. Solemos correr en manada para desahogarnos. Esta noche intenté saltarme la carrera para estar contigo, pero fue un error. Su mirada contenía un océano de dolor.

Le besé la sien.

—Estoy bien —repetí suavemente—. Estamos bien.

Su mirada se desvió hacia la mía. Habíamos vuelto a la cabaña y estábamos en el dormitorio. Me tumbó con cuidado en el centro de la cama.

—¿Ah, sí? —Tenía los ojos llenos de esperanza.

Asentí con la cabeza.

—Estamos bien —murmuré.

Johnny se tumbó a mi lado aliviado.

—Ay, cariño. —Me envolvió en sus brazos—. Es la mejor noticia que he oído en mi vida.

Juro que por un segundo pensé que este vaquero grande y fuerte, este cambiaformas lobo, iba a llorar. Yo también lo envolví en mis brazos, abrazándolo.

—Estamos bien —repetí por tercera vez, cerrando los ojos y escuchando el canto de los grillos y los suaves y lejanos graznidos de los caballos en el establo.

El sonido de nuestras respiraciones mezcladas.

Al latir de mi corazón y el suyo como uno solo.

Tal vez yo estaba hasta más loca que Lyssa.

27

JOHNNY

¿Quién necesitaba una manta con su pareja encima? Yo no. De algún modo, durante la noche, se había girado hacia mí y yo debí levantarla. Su cabeza estaba sobre mi pecho, una de sus piernas metida entre las mías. Su coño estaba presionado contra mi muslo desnudo.

Me dormí mientras ella me calmaba. Las caricias de sus dedos, la calma de su corazón, sus palabras. Ahora la tranquilizaría, la abrazaría y dejaría que siguiera durmiendo entre mis brazos. Una mano subía y bajaba por su espalda desnuda, la otra jugaba con los largos mechones de su pelo.

Ella estaba a salvo. Me quería. Aspiré su aroma. Sí, ahí estaba, mi olor se mezclaba con el suyo.

El arañazo que le di anoche fue suficiente para marcarla.

Era mi compañera marcada.

Mierda. No quería hacerlo.

Debería ser perfecto, la conexión que teníamos ahora. Especialmente desde que ella sabía que yo era un cambiaformas. Excepto que no lo era.

Mirando hacia abajo, vi el rasguño en su cuello. La pequeña costra. La había marcado sin su consentimiento. Sin que ella supiera lo que significaba llevar mi marca. Demonios, ella ni siquiera sabía que yo era un cambiaformas en ese momento.

Tenía que explicárselo todo, pero ¿estaba preparada para oír que la había marcado de por vida? ¿Que mi lobo la había reclamado y nunca la dejaría ir?

Ella era humana. No entendería lo profundo que era esto para nosotros. Para ella, si no estaba lista para comprometerse para siempre conmigo, podría sentirse sofocante.

Se agitó en mi regazo, olfateó.

Me quedé quieto.

—Buenos días —murmuró y luego se quedó inmóvil.

Mierda. La paz y la calma que deberían ser nuestra nueva existencia habían desaparecido.

Se acordó.

No la dejé levantarse, no es que intentara moverse. Mis manos comenzaron sus caricias de nuevo.

—Buenos días, cariño.

—Anoche ha sido una locura... —Frotó la mejilla en mi pecho desnudo.

Mi pene se agitó porque ella estaba consciente, pero lo ignoré. No era el momento de follar. Bueno, siempre era el momento de follar con mi compañera, y más ahora que estaba marcada, pero antes había cosas de las que hablar.

—Tienes preguntas —supuse.

Intentó levantarse, pero temí que se fuera a marchar, así que la aparté de mí y la moví para que quedáramos los dos de lado, uno frente al otro. Me agaché, cogí la sábana y tiré de ella para cubrirnos.

Sus ojos aún parecían somnolientos, pero brillaron cuando se encontraron con los míos.

—Así que eres un lobo.

—Sí.

—¿Naciste así?

—Es la única manera —respondí.

—Mis padres son cambiaformas de una manada de Nebraska. He mencionado a mi hermana. Ella obviamente también lo es. Y sus cachorros.

—¿Cachorros?

—Hijos.

—¿Y el que la atacó?

Asentí con la cabeza.

—¿Y todos aquí en el Rancho Lobo?

—Los chicos. —Y Willow. Las otras mujeres son humanas como tú.

—Sí, me di cuenta. —Se lamió los labios, tragó saliva—. ¿Ibas a decírmelo?

Suspiré, extendí la mano y le acaricié el pelo. No pude resistirme.

—Sí. Lo siento, pero estaba esperando hasta... hasta el momento adecuado. —La empujé sobre su espalda y subí sobre ella, mi cuerpo junto al suyo—. Cada momento era el adecuado porque, demonios, nena, esto entre nosotros es perfecto. Pero ¿cómo le dices a alguien algo tan grande? ¿Cómo te desentiendes de guardar un secreto tan grande?

Desvió la mirada y se mordió el labio.

—Está prohibido que los humanos sepan de nuestra especie.

—No se lo diré a nadie.

—Gracias. Le acaricié la espalda desnuda con la palma de la mano—. ¿Me tienes miedo? ¿Estás asustada?

Ella negó con la cabeza.

—Dije anoche que estamos bien y lo repito.

Exhalé y cerré los ojos un momento, aliviada de que no hubiera cambiado de opinión. ¿Debería contarle lo de ser mi compañero marcado? ¿Que soy un ejecutor?

Quería confesarlo todo. Era el momento.

—Tengo mucho que explicar.

Una lenta sonrisa se dibujó en su rostro.

—Eh, sí.

Eso me hizo reír y me incliné para besarla.

—Trabajo aquí, en el rancho Wolf. Soy uno de los

peones del rancho. Ya lo sabes. Vivo aquí, en el barracón. Vine aquí cuando tenía dieciocho años, como ya he dicho. También soy un ejecutor.

Parpadeó.

—¿Como la mafia?

—Algo así. Como un representante del Consejo de Cambiantes para impartir justicia.

—No sé qué significa eso.

—El Consejo de Cambiaformas es como un grupo de jueces lobo cambiaformas. Las ofensas se presentan ante ellos, y dictan sentencias a los cambiaformas por sus transgresiones.

—¿Por qué la gente que hace las cosas mal no puede ir a la cárcel?

—Porque los cambiaformas podrían escaparse fácilmente. Tenemos una fuerza sobrehumana. Una celda no podría contener a un cambiaformas, y si uno se escapara, se revelaría nuestro secreto. Los humanos no pueden saber de nosotros.

—¿Qué tipo de sentencias dicta el Consejo? ¿Como si tú, como ejecutor, les dieras una paliza? ¿Les rompes las rótulas? —Su mirada de desagrado hizo que se me revolvieran las tripas.

El corazón me retumbaba en el pecho. Iba a perderla por esto. Igual que perdí mi manada y mi familia.

Tal vez debería haber esperado para decírselo. Pero no, era mejor enterarnos ahora si no íbamos a funcionar más adelante.

—Pues… normalmente un tipo de pena capital.

Lyssa jadeó.

—¿Entonces un ejecutor es un verdugo? —susurró lo último.

No aparté la mirada. Una banda apretada se cerró alrededor de mi garganta, preparándome para su reacción.

—Sí. Me eligieron por lo que le hice al que atacó a Simi, por lo que llevo dentro, y por eso fui al rancho de Chapman.

La confusión se reflejó en su rostro, pero luego comprendió.

—Habías ido a matarle.

—No, a traerlo a un juicio del Consejo. Mitch Chapman ha estado traficando hembras cambiaformas. Las atrae y luego las vende.

—Dios mío. ¿También es un cambiaformas? —Sus ojos se abrieron de par en par, y parecía realmente asustada.

—Sí. Tú estás cuidada, cielo.

28

EMMA

¿Mitch Chapman era un cambiaformas? ¿Secuestraba y traficaba mujeres? Santo Dios, ¿en qué se había metido Lyssa?

Todo esto era mucho que asimilar. Primero descubrir que Johnny era un lobo. Luego escuchar que era un ejecutor. ¿Así que Johnny era una especie de cazarrecompensas? ¿Uno que cazaba cambiaformas malos y los traía y, cuando los condenaban, los mataba en vez de entregarlos a la policía para que los encarcelaran?

—Espera. —Le puse la mano en el pecho. Algo frío se había metido en mi pecho. Lo había endurecido. Me cortaba la respiración. Intenté identificar la fuente de mi inquietud. Me levanté, con el pelo largo revoloteándome sobre los hombros.

Sabía que Johnny tenía problemas para controlar su ira. Lo vi de primera mano en casa de Cody. Me contó que había matado al agresor de su hermana. Lo sabía, me lo dijo en su camioneta esa noche, y yo le había dicho que lo amaba.

A mí sí. No parecía importarme que se ganara la vida matando gente, ni siquiera que fuera un puto lobo.

Pero algo no me cuadraba en esto.

Entonces aterricé en él. Lo que sentí como una traición.

—¿Así que todo este tiempo estuviste trabajando en un caso?

Lo que me enloquecía era que me usara. Que yo estaba aquí en su cama porque él estaba esperando que yo supiera de Chapman. Para que le ayudara a encontrar al tipo. No, me había utilizado para ayudarle. Quería que lo llamara y yo fingí hacerlo.

Johnny bajó las cejas confundido.

—Bueno, sí. ¿Por qué lo dices?

—Porque yo solo he sido parte de un trabajo. ¿Todo esto fue para llegar a Mitch?

Sus ojos brillaron de comprensión.

—No, no, no, cielo. No fue así.

—Si hubiera estado en su rancho, ¿lo habrías matado? —le pregunté.

—Solo si se resistía. Teníamos agentes por todo el

país yendo a sus casas y negocios para encontrarle. Si hubiera estado en su rancho, lo habría traído para su juicio con el Consejo.

¿Lo ves? Realmente no me importaba eso. Pero estaba en espiral porque había pensado que esto era real. Que lo que teníamos entre nosotros, lo que compartíamos, era algo verdadero.

Miré sus ojos oscuros.

—Justo después de la alarma de humo, me preguntaste si estaba en el rancho. Te dije que no.

Asintió con la cabeza y me dedicó una sonrisa tranquilizadora.

—Así es. Ves, estabas a salvo.

¿A salvo? Tal vez de ser víctima de la trata. Pero ¿mi corazón?

—Me sedujiste para estar cerca, para vigilar a Chapman. Me estabas utilizando. —Me pasé la mano por el cuerpo—. Por eso lo mantuviste todo en secreto. ¿Por qué no me hablaste de los cambiaformas? Solo te viste obligado a hablarme de ellos, de lo que eres, porque me mordiste.

Los ojos se le abrieron de par en par, llenos de horror. Sí, me lo imaginaba.

—No. Cariño, no.

No le escuché. No quería oír nada más de lo que tenía que decir.

—Por eso te quedaste esa noche, esperando que

volviera. A divertirse un rato con la casera mientras esperabas.

—Lys —advirtió.

Señalé.

—No me llames Lys.

Yo no era Lyssa. Nunca lo fui. ¿Cómo lo hacía ella? ¿Cómo salía y tenía una aventura con un chico y no involucraba su corazón? ¡Dios, le dije que lo quería!

Si hubiera sido como Lyssa y lo hubiera mantenido divertido y fácil, entonces esto no habría importado. ¿Y qué si me usaba para acceder a Chapman? Lo estaba usando para algo salvaje y divertido.

Pero la tonta de mí, la tonta de Emma, involucró su corazón. Y roto.

Porque mientras me decía que era el elegido, que yo era suya, mientras me daba tantos orgasmos, me estaba utilizando. Sacándome información. Pensando que realmente era Lyssa y usando mi conexión y contacto con el tipo que quería. Manteniéndome cerca como su «fuente».

Él no me había dicho que me quería.

—Me has utilizado.

—¿Qué? No.

—Querías más sobre Mitch Chapman. Por eso has estado preguntando por él mientras he estado aquí.

—Bueno, sí, tenemos que encontrarlo. Está traficando hembras cambiaformas femeninas, cielo.

—Eso es todo lo que era, para mantener a la estúpida

humana cerca, para que yo pudiera guiarte a tu... marca. A tu objetivo o como sea que lo llames.

Me puse en pie. Empecé a caminar en círculos. Cuando me di cuenta de que estaba desnuda, me detuve y empecé a ponerme la ropa que había tirado al suelo la noche anterior.

—Yo formaba parte de tu trabajo. Esto... —Agité la mano por el dormitorio mientras se me revolvía el pelo. —Era tu trabajo.

Sus ojos se entrecerraron y su voz se volvió grave.

—No estás en la cama conmigo en mi trabajo.

—Por esto estoy aquí en el Rancho Wolf. Por eso también te metiste en mi cama en el otro rancho. Yo solo era un trabajo para ti.

Las lágrimas empezaron a correr por mis mejillas.

—Pensé... Pensé que... ¡Fui *tan* estúpida!

Hui.

—¡Lyssa, cariño, espera!

Persiguió. Por supuesto que lo haría. Eso era lo que hacían los lobos.

No tenía mi pequeño petate. No me importaba mi ropa. Pero mi bolso estaba en la mesita junto a la entrada, junto con las llaves de Johnny. Cogí las dos cosas y salí corriendo.

Descalza. Sin sujetador.

Corrí a su camioneta y me subí. Arranqué el motor. ¡Mierda, el asiento estaba tan atrás!

—Lys. Para. ¡Espera!

Le negué con la cabeza. Con el culo apoyado en el borde del asiento, puse la camioneta en marcha y arranqué, con las ruedas levantando polvo.

Nada de esto era real. Había sido un juego. Una aventura mientras esperaba a que mi jefe contactara conmigo. No, no mi jefe. El de Lyssa. Y nunca iba a encontrarme porque yo no era Lyssa.

Yo era Emma, la que nadie quería amar.

29

JOHNNY

Vi a Lyssa salir por el camino.

—¡Lyssa! —grité, pero fue inútil—. ¿Qué coño?

¿Qué había pasado? Tenía que llegar hasta ella y averiguarlo. Me dirigí al granero, el edificio más cercano. A esta hora de la mañana... ¡Sí! El camión de Boyd estaba aquí.

Entré corriendo.

—Necesito tus llaves.

Boyd estaba junto a la puerta del establo de Chestnut y se volvió al verme. Sus ojos se abrieron de par en par y se pusieron alerta.

—¿Qué demonios? ¿Qué te pasa? ¿Te has cambiado?

Estaba frenética, dispuesta a buscar las putas llaves en los bolsillos de sus jeans.

—Lyssa se fue. Tuvimos una pelea. Se asustó y se fue.

—¿No está en peligro?

Negué con la cabeza.

—No. Dame tus llaves.

—Amigo, estás desnudo.

Fue entonces cuando me miré.

—¡MIERDA! —grité, agitando a los caballos.

Me agarró del hombro, me sacó del granero y me acompañó en dirección a la litera.

—Dime qué demonios está pasando. —Su comportamiento normalmente juguetón era todo seriedad.

Me pasé una mano por el pelo.

—Nos despertamos y le dije que era un ejecutor.

—Maldición. Eso es mucho para un humano. Podría ser abrumador.

—Sabía lo que le hice al tipo que hirió a mi hermana, y le pareció bien. Fue cuando le dije que estaba cazando a su jefe, Chapman, cuando se cabreó.

—¿Chapman es el que estás buscando?

Asentí con la cabeza.

Me empujó a la habitación principal de la litera, con la puerta principal abierta de par en par.

—Ve a ponerte ropa.

—Necesito tu camioneta para ir tras ella.

—No sin los putos jeans que no traes.

Entré resoplando en mi habitación, que todavía olía a Lyssa, y me puse unos jeans. Volví a salir mientras me abotonaba una franela en el pecho.

—Dame tus llaves.

Sacudió la cabeza.

—¿Dónde vas a buscarla? —insistió—. Las mujeres necesitan tiempo para calmarse.

Gruñí.

—Ella no es cambiaformas, Johnny. Irse en un coche es como salir a correr para nosotros. Va a volver.

Me pasé una mano por el pelo.

—Es mi compañera. Mi compañera marcada.

Sonrió.

—Sí, felicidades.

La fulminé con la mirada. Nada de felicitaciones porque ella no estaba aquí, mierda.

—Ni siquiera llegué a decirle lo que significa estar marcado. Se ha ido... —Señalé la puerta principal—. Piensa que la he utilizado.

—¿Lo has hecho?

Levanté los brazos.

—¡No! La olí y no hubo vuelta atrás.

—Pero sigues buscando a Chapman.

—Sí, por supuesto.

—Déjame adivinar, mi hermano te dijo que le exprimieras la información.

Mis ojos se abrieron de par en par.

—Sí.

Suspiró.

—Hasta que se calme, estás jodido, amigo mío.

30

EMMA

Salí de Cooper Valley y aparqué en un pintoresco desvío a un lado de la carretera.

Por suerte, mi móvil estaba en mi bolso cuando hui.

Me limpié la cara, las lágrimas. Olfateé.

Llamó a Lyssa.

—¡Emmie!

El sonido de la voz de mi hermana volvió a llenarme los ojos de lágrimas.

—¿Dónde estás? —pregunté.

—De vuelta en el rancho. ¿Dónde estás? Creí que te quedarías un tiempo.

—¿Está Mitch Chapman? —pregunté lo primero. Si

Johnny dijo que era un hombre peligroso... y cambiaformas, le creía.

—¿Qué? No. Volví de Ibiza anoche.

—¿Está el sultán contigo? —quise saber. No iba a meterme con ella y su hombre.

—¿Raj? No, tonta. Nos la pasamos bien y ya estará de camino a algún espectáculo ecuestre en Dubái o lo que sea.

Cierto. Raj era el sabor de la semana, y ella estaba harta de ese sabor.

—¿Entonces no hay nadie allí contigo?

—Todo está tranquilo. Pero podríamos estar comiendo galletas de chocolate y hablando de chicos si estuvieras aquí.

Eso sonaba bien. Echaba mucho de menos a mi gemela, sobre todo ahora después de intentar ser como ella los últimos días.

—¿No te ha llamado? —pregunté, preocupada.

—¿Mitch? ¿Por qué me llamaría?

—Porque eres su casera.

—De su casa en Montana —dijo, su voz me decía que pensaba que yo era tonta—. Una de sus muchas propiedades. Probablemente ni siquiera recuerda que tiene una casa aquí. Así son todos.

Aún no había conocido a ninguno de sus ricos patrones.

—¿Qué pasa? —preguntó.

—Llego en un par de horas y te lo contaré todo.

Chilló con su entusiasmo habitual.

—Bien. Estoy deseando verte. No creerás lo que el sultán y yo hicimos en su jet privado.

Eso me hizo sonreír, como ella siempre podía hacerlo. Lyssa, la despreocupada. La que conoció a un sultán de un país lejano del que nunca había oído hablar, se fue a Ibiza e hizo algo probablemente bastante travieso en su jet privado. Jet privado. Y se reía de ello.

Luego estaba yo. Intenté ser como ella, y salí de la situación en un camión robado, con el corazón roto y sin sujetador.

31

JOHNNY

DEMASIADO AGITADO para hacer otra cosa, cambié a forma de lobo y corrí. ¡Mierdaaaaa!

Mierda, mierda, mierda.

No podría haberlo estropeado más.

Lyssa creía que la había usado, que no era nada para mí. Podía entender perfectamente que pensara eso, pero no sabía. Es lo que he debido decir primero, demonios, que ella era mi compañera.

El destino nos emparejó. Podríamos habernos encontrado en cualquier lugar, bajo cualquier circunstancia, y nada me habría impedido seducirla. Ella estaba destinada a estar conmigo sin importar lo que sucediera a nuestro alrededor.

Si otra hembra hubiera abierto esa puerta en el rancho, no la habría seducido y traído a casa conmigo.

Tenía que explicárselo a Lyssa, o mejor, demostrárselo, porque las palabras no valían tanto.

Pero ¿cómo?

Corrí hasta que mis patas estuvieron hechas jirones y ensangrentadas, y volví al rancho únicamente con la esperanza de que Lyssa hubiera regresado.

No lo había hecho.

¡Diablos! Volví a mi forma humana y me paseé por el barracón, aún desnudo.

La llamaría, pero ni siquiera tenía el número de teléfono de mi pareja. Nos habíamos enrollado enseguida y habíamos estado juntos cada segundo desde entonces, así que no había necesidad de recopilar sus dígitos.

¿Cómo de estúpido fui?

Tal vez ese hacker en Arizona tenía su número. Sí, era una pista que podía seguir. Me puse unos jeans y troté hasta la casa del rancho.

—¡Rob! —Golpeé la puerta lateral y entré en la cocina.

—Está en el despacho —dijo Willow desde donde estaba sentada a la mesa de la cocina—. ¿Cómo han estado las cosas con Lys...?

La interrumpí con un movimiento airado de la cabeza.

—Ay, siento oír eso.

—¡Rob! —Irrumpí en la oficina de mi alfa. Normalmente mostraría más respeto, pero no podía, estaba demasiado agitado para recordar mis modales—. Necesito...

Rob estaba hablando por teléfono. Levantó una mano para hacerme callar.

—Entendido. Johnny se dirigirá al rancho ahora. Sí.

Se dirigirá al rancho ahora.

¡Diablos! Eso significaba que Chapman había vuelto.

¿Y si mi compañera estaba ahí?

El miedo por mi compañera me invadió tan ferozmente que estuve a punto de moverme para defenderla. La idea de que pudiera estar sola con ese depredador me hizo querer destrozar la oficina.

Rob colgó y me quedé mirándolo, preparado para las malas noticias.

—Tenemos noticias de que Chapman está de camino a su rancho. Los agentes de la manada de las Dos Marcas van para allá a reunirse contigo, así que no estarás solo cuando acabes con él. Quiero que esperes hasta que estén allí contigo antes de hacer cualquier cosa.

—Necesito el número de Lyssa —solté.

Rob frunció el ceño.

—¿No has escuchado lo que acabo de decir? Es hora de seguir a Chapman.

—Sí, y creo que mi compañera podría estar de camino para allá. Puede que incluso esté allí. Han pasado unas horas desde que se fue en coche, alterada la cabeza porque le dije que era un ejecutor e intentaba atrapar a su jefe. —Le lancé una mirada que quería decir que era culpa suya por tener que admitir la verdad. Pero todo recaía sobre mis hombros. Yo lo había jodido todo. La había asustado, la había hecho pensar tan poco de sí misma y de lo nuestro.

Más que encontrar a Chapman tenía que arreglar eso.

Rob resopló.

—Alfa, tengo que avisarle —gruñí, intentando pero sin conseguir mantener mi tono respetuoso—. Está muy enfadada conmigo. No tiene otro lugar adónde ir en el estado. Boyd cree que solo se está calmando y que va a volver, pero si fuera tu compañera la que fuera directo hacia el peligro, ¿podrías quedarte sentado esperando?

—Diablos, no.

—¿Puedes conseguir su número de teléfono con ese hacker de Arizona? Ni siquiera sé cómo avisarle si es que es allí donde va.

Una sombría determinación iluminó sus facciones.

—Sí. Lo conseguiré. Ponte en marcha y te textearé esa información, junto con los datos de contacto de los agentes de Dos Marcas.

Ya estaba saliendo por la puerta y corriendo antes de que terminara su frase. Ahora solo tenía que quitarle las llaves a Boyd y sacar a mi compañero de un posible peligro.

Espera, Lyssa. Voy para allá.

Y nada me impedirá demostrarte lo que significas para mí.

32

EMMA

Empezó a llover cuando llegué al rancho de Chapman. Lyssa salió de la mansión con una bata larga de seda estampada.

—¡Emmie!

Empecé a llorar en cuanto abrí la puerta del coche.

—¡Ay, no! ¿Qué pasa? —Me abrazó—. ¿Dónde está el vaquero delicioso? ¿Le has dejado?

Ni siquiera podía hablar; los sollozos me cortaban la respiración. Me sentía tan aliviada de estar con Lyssa, alguien que conocía quien yo era en verdad, quien me quería por lo que era. Pero también sentía el corazón partido en dos. Y estaba triste por lo de Johnny. Le echaba mucho de menos, como si el viaje me hubiera desgarrado algo en el corazón.

Aun así, me había utilizado. Y peor, dejé que mi corazón se involucrara.

No estaba segura de si estaba enfadada con él o conmigo misma.

—Pasa. —Me tiró hacia la puerta principal—. Antes de que nos empapemos.

Entramos corriendo abrazados y mis lágrimas se mezclaron con la lluvia.

—Ven aquí, junto al fuego. —Lyssa me llevó frente al gigantesco hogar y pulsó un botón para que se encendieran las llamas. Esta era la chimenea de una pequeña sala de estar, no la enorme de leña del área principal, la que tenía una chimenea de piedra de río de dos pisos. Me envolvió en una manta—. Voy a prepararnos un té, y luego podrás contarme qué pasó con el vaquero caliente y si debo ir a por él y matarlo.

Al oír hablar de Johnny, mi vaquero delicioso lobo, el corazón se me volvió a partir en dos. Dios, le echaba tanto de menos. El dolor de haber sido utilizada me llenó de vergüenza y humillación.

Mi móvil sonó en mi bolsa y miré el número, pero no lo reconocí, así que lo apagué. Ahora mismo necesitaba pasar tiempo con mi hermana sin interrupciones. Podía ser Stan con el nuevo trabajo, y era la última persona que quería escuchar ahora mismo.

—¿Qué ha pasado? —preguntó Lyssa, quien volvía con dos tazas de té de menta. Se acurrucó a mi lado en el sofá y apoyó su hombro en el mío en señal de solidaridad.

Me limpié la cara y luego tomé un sorbo de té.

—Dios, es una historia loca. Tan loca que no te la vas a creer.

—Lo último que oí es que ibais a estrenar esa caja de juguetes sexuales. —Sonrió y meneó las cejas.

Al recordar aquella noche extremadamente calurosa se me retorció el estómago de dolor. A eso estaba renunciando: al amante más increíble que había tenido nunca.

—Sí —resoplé—. Eso estuvo increíble. Todo estuvo realmente increíble hasta esta mañana.

—¿Qué ha pasado?

—Resulta que solo estaba jugando conmigo para llegar a Mitch Chapman.

Lyssa frunce el ceño, confundida.

—¿Cómo?

Bebí otro sorbo del té caliente. Me ayudó a calmarme para poder pensar. Tenía tanto que contarle.

—Vale, lo que no te he dicho es que... me estaba haciendo pasar por ti.

Aparté la mirada, de repente avergonzada.

—¿Qué dices?

—Es que... cuando abrí la puerta y me encontré a ese vaquero delicioso coqueteando conmigo, quise sentirme atrevida y temeraria. Quería ser más como tú: correr riesgos y acostarme con quien quisiera, así que dije que yo era tú.

Lyssa me miró confusa.

—No entiendo nada.

—Dije que era Lyssa, la caseta de este rancho, no Emma.

—Ahhhh, ya entiendo. Como en cálculo. Y él solo estaba interesado en ti porque estaba buscando una entrada con mi jefe, ¿es eso? ¿Te estaba usando?

Un nuevo sollozo brotó de mi pecho y lo dejé salir.

—Sí.

Me rodeó los hombros con el brazo y me dio unas palmaditas en la espalda.

—¿Y qué pasa? Tú también lo estabas utilizando, ¿verdad? Querías montar a un vaquero delicioso y lo hiciste. Los dos sacaron algo de ello.

Claro Lyssa lo vería todo como una transacción. Ella no se enamoraba. Ni siquiera del sultán que la llevó al otro lado del mundo a pasar unas vacaciones en la playa. Volvió con el corazón intacto y un bonito bronceado. Yo era la tonta que dejó que su corazón se involucrara.

—A ver, que te viera como un punto de acceso a Mitch no significa que no sintiera algo por ti. Siempre hay cosas que hacen que la gente parezca más atractiva. A ti te gustaba el rollo del vaquero con buen cuerpo. A él le gustabas, y tú venías con el beneficio añadido de ser una entrada para llegar a Mitch. —Se encogió de hombros—. Mi punto es que no significa que le gustaras menos por eso.

Reflexioné sobre sus palabras y me tumbé en el lujoso sofá.

—Tal vez, pero él ni siquiera conocía mi verdadera persona. Me estaba haciendo pasar por ti.

La frente de Lyssa volvió a arrugarse con confusión.

—¿Qué quieres decir?

—Que tuve que canalizarte. No dejaba de pensar, ¿qué haría Lyssa? Y entonces procedía.

Los ojos de Lyssa se abrieron de par en par y se echó a reír.

—¿Qué? ¿Estás de broma? ¿Para qué querías hacerte pasar por mí? Dame un ejemplo.

—Como para besarme con él diez minutos después de conocerlo. Luego salir con él para ir a su rancho. Bañarnos desnudos, montar a caballo, montar toros mecánicos, jugar con los juguetes sexuales.

La expresión de Lyssa se suavizó.

—¡Es que has estado muy ocupada! Me halaga tanto poder ser tu inspiración para arriesgarte en una relación. Pero, por Dios, Em, yo soy la gemela jodida. —Se puso la mano en el pecho—. Yo soy la que no pudo ir a la universidad ni mantener un trabajo estable ni ser confiable para nada. Tú eres a quien canalizo yo cuando intento tomar decisiones decentes y responsables con mi vida.

Dejé escapar una carcajada melancólica. No podía creer lo que estaba escuchando.

—¿Yo? ¿Por qué? Tus trabajos pagan mucho mejor y son mucho más glamurosos, y no tienes a un jefe imbécil como Stan.

—Y siempre terminan con una explosión.

—Sí, hablando de eso... —Me sequé las lágrimas con la yema de los dedos—. Resulta que Mitch Chapman es un traficante de lobos y humanos. Bueno, de cambiaformas.

Lyssa parpadeó. Me miró fijamente durante unos segundos.

—¿Perdón?

Agité los dedos en el aire.

—Esa es la parte más loca de esta historia. Resulta que Vaquero Delicioso, se llama Johnny, es un lobo. No son hombres lobo, son una especie diferente que puede cambiar de forma humana a lobo. Y Mitch es uno de ellos, pero es un supervillano.

—Pero es que eso es una locura. ¿También te has metido alguna droga mientras me canalizabas?

Negué con la cabeza.

—No, idiota. Tienes que dejarlo. —Miré alrededor de esta preciosa mega mansión. Deberíamos salir de aquí antes de que vuelva.

—¿Trafica mujeres?

Asentí con la cabeza.

—Diablos. ¿Adónde vamos? El sultán no está. ¿Todavía tienes el apartamento en L.A.?

—Sí. —La idea de volver a Los Ángeles se sentía

como un ladrillo en el pecho—. Y Stan me ha ofrecido un nuevo puesto por el triple de lo que ganaba antes.

Lyssa me miró con duda.

—¿Estás segura de que quieres volver a trabajar para ese idiota?

—Bueno, una de nosotras va a necesitar un puesto remunerado mientras pensamos en lo que vamos a hacer —dije con desánimo.

Se animó, incluso cuando las cosas estaban lejos de ser alegres.

—¿Ves? Eres la señora responsabilidad otra vez. Es lo que siempre intento ser, pero nunca lo consigo.

Me reí.

—No deberías. Es demasiado aburrida y nunca se divierte.

—¿Has dicho algo de un toro mecánico? Suena muy divertido. Pero recuerda que la señorita salvaje e imprudente acá es todo diversión, pero no sustancia. No tengo literalmente nada que mostrar de mi vida. Creo que tengo doscientos dólares en el banco.

—¡Has tenido años de aventuras!

—Pero no soy nada en papel. —Negó con la cabeza —. No tengo título universitario ni experiencia laboral real. Me invento los currículos para cualquier trabajo que busco.

—¿A quién le importa el papel? Lo que importa es el corazón. —Al pronunciar estas palabras, me di cuenta de lo que quería mi corazón.

Lyssa me miró como si hubiera visto el cambio en mí. Su voz se suavizó y me cogió las manos.

—¿Qué quiere tu corazón, Emmie?

Parpadeé para contener las lágrimas.

—Mi corazón quiere a Johnny.

Mientras lo decía, me vinieron a la memoria toda la ternura que me había mostrado, toda la atención y la preocupación. El abrazo que me dio esta mañana, su preocupación extrema por haberme mordido anoche, que me sacara en brazos de la taberna sufriendo por lo que sentiría por él por haberme metido en una pelea.

No todo había sido sexo ardiente, aunque el sexo había sido incinerador. Lo que tuvimos fue real. Pero había permitido que mis propias inseguridades me hicieran creer que no lo había sido.

Si Lyssa intentaba ser yo a veces, tal vez yo no hacía siempre lo incorrecto.

Había exagerado con Johnny.

Lyssa sacó mi teléfono del bolso y me lo dio.

—Llámalo.

Solté una oscura carcajada.

—Ni siquiera tengo su número. Le robé el coche, así que supongo que podría volver.

Ella asintió.

—Sí, seguro que viene conduciendo. Estoy triste porque quería comer masa de galletas y ver Gilmore Girls contigo, pero deberías irte.

Entonces recordé la situación completa.

—No, tú también tienes que venir. —Me levanté de un salto. Si Johnny decía tan en serio lo de Mitch, entonces ni siquiera deberíamos estar aquí—. Vamos, empaca. Este lugar no es seguro para ninguna de las dos.

Lyssa no parecía muy preocupada. La agarré de la muñeca y la levanté.

—Hablo en serio. Mitch es un traficante sexual o algo así. Podríamos estar en peligro. Vámonos.

El crujido de la grava nos hizo abalanzarnos hacia la ventana.

—Demonios—dijo Lyssa, su muy conocida mirada se encontró con la mía.

Un precioso todoterreno Jaguar negro frenó y aparcó delante de la puerta, justo detrás de la camioneta de Johnny.

—¿Es él? —susurré, con el corazón que se me iba a salir del pecho.

Ella asintió.

—Sí. Mitch está aquí.

33

JOHNNY

Enterré el pie en el acelerador. Casi había llegado al rancho de Chapman.

Intenté llamar por teléfono a Lyssa una y otra vez, pero me mandaba al buzón de voz como si lo hubiera apagado.

¡Diablos! Mi compañera estaba en peligro, y cada segundo que pasaba allí sin mí era un segundo en el que algo podía pasarle. Mi lobo aulló de angustia.

Ni siquiera sabía que estaba allí oficialmente, pero mi instinto me decía que tenía razón al venir aquí. Era lo que me había llevado a arremeter contra mi alfa y casi que confiscar el camión de Boyd. Ella estaba en grave peligro. Mi puto lobo lo sabía.

Me sonó el móvil y contesté de prisa.

—¿Johnny? Soy Knox. —Knox era uno de los matones de la manada Dos Marcas en Wyoming. Habían estado en la zona por otro asunto y los llamaron cuando nos avisaron que Chapman volaba a Montana—. Travis y yo estamos en el borde del rancho de Chapman ahora.

—Espérame. No hagas nada. —No podía pensar con claridad—. Creo que mi compañera, Lyssa, está en la propiedad. Es la casera de Chapman. Hemos tenido una pelea y estoy segurísimo de que ella regresó aquí. No quiero ponerla en peligro.

—Diablos —le escuché murmurar a Travis—. Eso va a ser un problema.

—¿Qué pasa? —grité, casi.

—Tú, hombre —dijo Knox—. Tu lobo tendrá un solo objetivo: proteger a tu compañera. Lo cual está bien. Ahora que sabemos, vamos a estar allí para coger el relevo. ¿Qué tan lejos estás?

—Quince, veinte minutos.

—¿Tienes una camioneta azul?

—Sí. —Le dije la marca y el modelo.

—La vimos en la entrada. Está aquí.

Sentí alivio y pánico al mismo tiempo. Arranqué el motor de la camioneta de Boyd.

—Vale, escucha. Vamos a transformarnos y entrar en la propiedad en forma de lobo. Vamos a olfatear y ponernos en posición cerca de la casa. Tú conduce a la derecha y llama a la puerta. Nosotros vamos a estar allí para apoyarte.

—Entendido.

Finalicé la llamada y agarré con fuerza el volante. Ya me ocuparía de Boyd más tarde y de las marcas que le había dejado.

34

LYSSA

—Puedo manejar a Mitch —le dije a Emma—. Ve a mi recámara. No tiene sentido que sepa que somos dos si podemos evitarlo.

No parecía muy emocionada de que nos separáramos, sobre todo sabiendo de lo que Mitch era capaz. Qué asqueroso.

—¿Estás segura?

Asentí.

—Sí, vete —le di un empujón en dirección al dormitorio y caminé hacia la puerta principal para saludar a mi jefe.

Nos habíamos conocido en una inauguración de arte en Santa Fe. Yo me estaba tirando al artista, un escultor caliente que había conocido en Aspen. Mitch había coqueteado conmigo. Yo le devolví el coqueteo porque, *¿hello?* ¡Multimillonario a la vista!

Me preguntó a qué me dedicaba. Le dije que había hecho un poco de todo, desde modelo a organizadora de eventos, y que básicamente buscaba trabajos que me mantuvieran en el estilo de vida y la gente con la que me gustaba mezclarme, también si tenía él a alguien en mente.

Le encantó mi respuesta y me ofreció el puesto en el acto.

Ahora que pensaba me daba cuenta de que todo sucedió con demasiada facilidad. Un sueldo de seis cifras por no hacer nada sumado a la oferta demasiado generosa de permitirme quedarme en su hermoso y remoto rancho.

Pensé que probablemente quería sexo. Por alguna razón, no me había interesado, pero me sentía segura de que podría rechazarlo cuando se propasara.

¡Pero ahora me enteraba de que era un traficante sexual!

Y yo podría ser su próxima víctima. Qué tonta e imprudente que había sido. ¿Por qué no podría haber tenido más de la cautela de Emma sobre la vida? Tal vez no estaríamos las dos metidas en la casa de un traficante sexual.

Literalmente me atrajo hasta aquí con un trabajo falso y bien pagado.

Ya había estado metida en situaciones peligrosas y siempre había conseguido salir airosa. Esta vez no sería diferente. La cosa era que también tenía que proteger a Emma.

Abrí de golpe la puerta principal.

—¡Mitch! No me habías dicho que venías. —Sonreí ampliamente.

Me miró con el ceño fruncido y entró en su casa.

El hombre encantador que me contrató ya no estaba.

¿En verdad había aceptado vivir con un hombre al que solo había visto una vez? Me sentía avergonzada de mí misma.

—No debería tener que avisar —espetó—. Deberías estar siempre lista para mí.

—Y lo estoy. —Se me daba fenomenal pretender como si nada.

—Bien. Coge mis maletas.

¿Que le cogiera las maletas...? ¿Quién era yo, su portera? Bueno, tal vez lo era.

Vale, bien. No había necesidad de establecer un límite para un trabajo que iba a dejar hoy. Tenía un límite, y era tener un jefe que traficaba mujeres.

Salí a toda prisa y abrí el maletero del Jaguar, luego arrastré una maleta gigante y me golpeé las piernas con ella cuando la dejé caer. Arrastré la segunda maleta y la coloqué junto a la primera para cerrar la puerta. Tirando de las asas telescópicas, arrastré las dos maletas dentro de la casa. Por el tamaño y el peso de su equipaje, parecía que iba a quedarse un tiempo.

Mitch estaba en la sala de estar grande. Ya se había quitado los zapatos y se estaba desabrochando la camisa allí mismo, al aire libre.

—Estoy de mal humor y he tenido un largo viaje —dijo—. Quítate la ropa, así me desahogo un rato.

Vaya. La ira me hizo sonrojarme, pero no lo demostré. Había tenido sexo. Mucho, y con hombres que apenas conocía. Seguía discriminando. Era decisión mía siempre.

Esto era asqueroso.

Me revolví el pelo.

—Tú crees que mi trabajo como casera incluye que tenga sexo contigo. ¿Es eso cierto?

Resopló mientras se desabrochaba el cinturón.

—Obvio.

Maldito gusano.

Me crucé de brazos.

—Eso no va a pasar.

Emma dijo que ese tipo era un lobo —no estaba segura de creer lo que me estaba diciendo porque era una locura—, pero noté un brillo extraño en sus ojos mientras se acercaba a mí.

Me aparté sin que pareciera que corría, deslizándome hacia la cocina.

—Déjame servirte un trago para que puedas relajarte-

Al instante estaba detrás de mí, con un brazo alrededor de mi cintura y el otro alrededor de mi cuello.

—Va a pasar, y va a pasar ahora —gruñó.

Utilicé mis mejores movimientos de defensa personal, clavándole el codo en el estómago y parándome encima de su pie, con fuerza, pero no sirvió de nada.

—¡Suéltame! —Luché por zafarme, empezando a entrar en pánico. Ya había enfrentado a hombres manoseadores, borrachos que no entendían la palabra no. Pero esto era diferente. Me estaba cortando la respiración. Mierda, me iba a desmayar.

Mientras las luces bailaban ante mis ojos y la negrura se colaba por las esquinas, oí cristales romperse desde dos direcciones distintas.

Mitch me soltó y caí al suelo de la cocina, frotándome la garganta. Dos lobos gigantes se habían colado en la mansión. Madre mía. Uno había saltado por la puerta corrediza de cristal y el otro por un panel de cristal que quedaba al lado de la entrada. Ambos tenían los pelos de punta y los dientes enseñados. Un gruñido espeluznante se hizo eco por la sala.

Emma había tenido razón sobre los cambiaformas, pero ahora que lo veía... Parpadeé y volví a parpadear. Quizá había perdido algunas neuronas cuando me asfixiaron.

Mitch gruñó, y la ropa que le quedaba se hizo trizas cuando se transformó en un lobo gris. Se abalanzó hacia uno de los otros lobos, pero ambos se le echaron encima en un instante. La pelea fue un caos de gruñidos, pieles volando y cuerpos cayendo. Derribaron muebles y lámparas con fuertes golpes y choques estruendosos.

Y de repente se acabó.

El lobo gris yacía inmóvil, ensangrentado, sin vida.

Tragué con fuerza, me alejé un poco más de todo aquello.

—Mierda. Le has matado.

Los dos lobos se transformaron. Ante mis ojos... se transformaron. Ahora dos hombres muy desnudos, muy hermosos estaban de pie al lado del lobo muerto.

—No he podido evitarlo. —Uno me miró.

El otro se limpió la sangre de la boca. Qué asco. Qué cosa más asquerosa. Pero por otro lado... guau. Estos dos mataron al malo. Me habían salvado.

—¿Eres Lyssa?

Ambos se acercaron a mí, desnudos, muy increíblemente desnudos.

—Sí. —Resistí el impulso de abanicarme. Definitivamente era el momento equivocado para sugerir un trío, pero era en lo único que podía pensar, sobre todo con lo bien dotados que estaban estos tíos.

Nunca había hecho un trío. Nunca lo imaginé más allá de un libro romántico que cogí en un aeropuerto para un vuelo. Ahora deseaba a este dúo.

Cada uno de ellos me tendió una mano. En lugar de elegir, les di la mano a los dos y me alzaron.

Ninguno de los dos me soltó. Se quedaron mirando, se acercaron, me olfatearon.

—¡Lyssa! —Otro hombre, este iba vestido, atravesó el agujero en el cristal de la puerta principal, con los ojos desorbitados.

—¿Sí?

Vio al lobo muerto en el suelo y a los dos hombres que seguían cogiéndome las manos y se acercó corriendo.

—Gracias a Dios que estás bien. —A los otros hombres les dijo—: Deberías esperar a que yo llegara.

—Estaba asfixiando a tu compañera —dijo uno de mis rescatadores desnudos, pero sus cejas se fruncieron al oír la palabra «compañera», como si le pareciera desagradable.

—¿Tu qué? ¿Compañera? —pregunté mientras el chico nuevo se acercaba corriendo.

Ah, este debe ser Johnny. Claro, creyó que yo era Emma. Ella le había dicho mi nombre.

—Alto ahí, vaquero —le dije cuando intentó acercarse. Le puse la mano en el pecho para evitar que me levantara—. Gemela equivocada. Estás buscando a Emma.

Se echó hacia atrás, con las fosas nasales dilatadas. Su mirada se dirigió a mi cuello y las cejas se le arrugaron más.

—¿Gemela?

—Ah. Eso explica las cosas —dijo uno de los dioses

desnudos a mi lado. Su mano empezó a acariciarme el brazo desnudo. Con suavidad, pero me produjo escalofríos.

—¿Qué cosas explica? —preguntó Johnny, mirándolos a los dos. Seguía sin entender que yo no era la mujer de la que obviamente estaba enamorado. Que yo no era Emma. Me parecía físicamente a ella, pero eso era todo.

—Eso explica por qué esta huele a nuestra compañera —dijo uno de los dos hombres lobos.

El otro gruñó.

Venga.

35

EMMA

—¡Johnny!

Nada más había estado separada de este hombre unas horas, pero sentí un alivio visceral al volver a estar cerca de él. Como si mi cuerpo celebrara su presencia.

Johnny se giró para recibirme.

—¡Lyssa! —Corrió hacia mí por el lavadero. Había salido del dormitorio de Lyssa cuando escuché el cristal quebrarse. Había visto a dos lobos pelearse con uno gris y luego lo habían matado, y a esos mismos lobos tener ojos solamente para Lyssa.

—En realidad, es Emma —admití finalmente.

Sus pasos vacilaron por un momento, luego se acercó aún más rápido.

—Bien. Emma. No me importa cómo te llames, ni para quién trabajes, cielo, ni por qué hay una mujer exactamente igual a ti en la cocina. Te quiero. Eres la única para mí: mi compañera.

Le rodeé el cuello con los brazos y dejé que me levantara con las piernas a horcajadas sobre su cintura. Lo abracé con fuerza, sin ganas de soltarlo nunca.

Me llevó al dormitorio, lejos del lobo muerto de la sala de estar, y de los dos hombres desnudos que vi cogiéndoles las manos a mi hermana.

Literalmente.

Ella siempre era una fiesta a la espera. Dos lobos atravesar unas ventanas de cristal y mataron a otro, y ahora habían caído en sus redes.

Se sentó en la cama, conmigo a horcajadas en su regazo.

—Lo siento —le dije a Johnny—. Exageré. Me sentí utilizada.

Su nariz recorrió mi cuello, inhalándome.

—Mierda, no debería haberte utilizado ni dejar que te sintieras así. Lo siento mucho.

Negué con la cabeza, tragando saliva.

—Es posible que haya empeorado las cosas con Mitch.

Frunció el ceño.

—¿Cómo así?

—En las aguas termales, cuando querías que le llamara. No sabía su número. Soy Emma, no Lyssa,

¿recuerdas? —Se me llenaron los ojos de lágrimas. —Mentí. Mentí de verdad cuando fingí llamarle. No sabía que era peligroso ni que...

—Shh, está bien.

Negué con la cabeza.

—No puedes perdonarme tan fácilmente.

—Yo seguí siendo un cambiaformas y un ejecutor que, además, te había marcado. Y que tu jefe que no era tu jefe era muy peligroso y una mala persona. Creo que los dos mentimos, ¿no crees tú?

Resoplé y asentí con la cabeza.

—Ahora háblame de que tienes una gemela, porque eso es un giro.

Asentí con la cabeza.

—Sí.

—Pero... ¿por qué dijiste que eras Lyssa?

Suspiré.

—Ella era la que tenía el trabajo aquí. Es verdad que dejé mi trabajo en Los Ángeles y vine aquí a visitarla. Luego se fue con un tío a Ibiza. Cuando viniste, me hice pasar por ella. Asumir su personalidad me permitió actuar más como ella: ser la hermana atrevida y loca.

Me miró con el ceño fruncido, confundido.

—¿Cómo qué?

—Como acostarme contigo, irme contigo, bañarme desnuda contigo. La caja de juguetes. Todo eso. No soy impulsiva, soy muy conservadora. No me enrollo con tíos al azar ni me arriesgo así. —Tuve que apartar la mirada cuando admití mi mayor miedo—.No sé si te gustará la aburrida Emma...

Esperaba que Johnny dijera algo dulce, pero en lugar de eso se rio. Mi mirada volvió a la suya.

—¿Te causa gracia?

Enseguida puso cara de circunstancias.

—No, cariño. Perdona. Es que aún no te he explicado. Algo muy importante sobre nosotros.

Me quedé inmóvil. Contuve la respiración. ¿Qué podría haber de enorme en nosotros? ¿Qué más podría haber?

—¿Recuerdas cuando te pregunté si creías en el destino?

Asentí con la cabeza.

Johnny parecía muy serio. Un poco nervioso. Guapísimo. Le rocé la barbuda mandíbula.

—Bueno, cada lobo tiene una pareja predestinada. Son difíciles de encontrar porque podrían estar en cualquier parte del planeta, pero los afortunados se encuentran. Cuando encontramos a nuestra pareja, la conocemos por el olor.

El corazón se me sacudió en el pecho. ¿Qué me estaba diciendo?

—Cuando abriste esa puerta hace tres días y te olfateé, supe inmediatamente que eras mía.

Parpadeé. Fuerte.

—Ahhh.

—Así que ya ves, no habría importado si trabajabas

para Chapman o para el gobernador o si estabas desempleada. No habría importado si hubieras dicho que te llamabas Mickey Mouse. Definitivamente iba a hacer todo lo posible para hacerte ver lo que yo ya sabía: que estábamos hechos el uno para el otro.

Se me llenaron los ojos de lágrimas y separé los labios.

—¿Y si... Lyssa hubiera abierto la puerta?

—¿Tu hermana? —Negó con la cabeza—. No. Ella no es la elegida. Pero creo que Knox y Travis piensan que es suya.

—¿Los dos? —exclamé.

Asintió con la cabeza.

—Son de la manada Dos Marcas en Wyoming. Una raza ligeramente diferente. Se aparean en parejas.

Me reí.

—¡Bueno, hacen falta dos de esos para manejarla a ella!

Johnny se rió conmigo y luego se puso sobrio.

—¿Realmente pensaste que Lyssa podría gustarme más? ¿O que lo nuestro no era real y solo te estaba usando para llegar a Chapman?

Tragué saliva.

—Sí. Fue una tontería. Es que me asusté...

Me apartó el pelo de la cara.

—Sí, yo también. Tenía miedo de perderte.

Presioné mis labios sobre los suyos, acariciándolos suavemente.

—Bueno, no lo hiciste.

Se frotó los labios como si estuviera saboreándome.

—Hay una cosa más que aún no te he dicho.

—¿Qué es?

—Anoche cuando te mordí...

—¿Sí?

—Cuando un lobo macho encuentra a su compañera predestinada, la marca con su olor para que los otros lobos sepan que ha sido reclamada. Es estúpido, pero es nuestra biología, así que no podemos evitarlo. No quería marcarte, pero me dejé llevar por la luna llena.

Me toqué la pequeña costra del cuello.

—¿Esto? ¿Me has marcado aquí?

Asintió con la cabeza.

—Sí. Un suero recubre nuestros dientes y se incrusta en tu piel. Ahora llevas mi olor.

Llevaba su olor.

—¿Supongo que es la versión lobo de un anillo de bodas?

Se echó a reír.

—Supongo que sí.

—¿Yo no puedo marcarte?

La sonrisa de Johnny era más brillante que la luna.

—¿Estás diciendo que te parece bien ser mía?

Yo también sonreí.

—¿Eso significa que tú también eres mío?

—Para toda la vida, nena. Los lobos se aparean de

por vida. Tú eres mi propósito ahora. Protegerte y satisfacerte es todo lo que me importa.

Bien.

Visto así, ¿a quién le importaba que me hubiera utilizado para conseguir información sobre Chapman? Era peligroso, y agradecía que Johnny intentara hacer todo lo posible por encontrarlo.

—¿Está el lobo gris por ahí, Chapman?

—Sí, pero no fui yo quien acabó con él. Knox y Travis pelearon con él antes de que yo llegara. Estaba estrangulando a tu hermana por las marcas que le vi en el cuello.

—¡Madre mía! —Me bajé del regazo de Johnny—. Necesito ir a ver si está bien.

—Sí, seguro. Lo siento, cariño. Es que necesitaba saber que estábamos bien primero.

Entrelacé mis dedos con los de Johnny, salimos a la sala y nos detuvimos en seco.

—Bueno, a mí me parece que está bien —murmuré, y Johnny me abrazó.

Lyssa estaba en la cocina, metida entre los cambia-formas desnudos, besándose con los dos. ¡Al mismo tiempo! Uno la besaba mientras el otro se paraba detrás de ella, con una mano entre sus piernas, la otra en su pecho, entre gemidos.

—Sí. Bastante bien. —Johnny y yo ahogamos la risa mientras caminábamos de espaldas hacia el dormitorio. En cuanto cerramos la puerta, estallamos en carcajadas. Se sentía bien reír con él, toda la tensión y la angustia del día se desvanecían. Al expulsar lo viejo, llenamos nuestros pulmones de oxígeno fresco.

Ahora sabíamos quiénes éramos juntos y separados.

Era un reinicio para nosotros.

—¿Son sus compañeros?

—Absolutamente. Te quiero, Lys... Bueno, Emma... —Johnny sonrió—. ¡Ahora sé por qué solo querías que te llamara cielo en la cama!

Me reí.

—Sí. No quería que Lyssa se entrometiera en nuestros momentos íntimos.

Johnny señaló hacia la puerta.

—Como si nosotros nos hubiéramos entrometido en la suya. —Estallamos en otra carcajada.

Cuando nos calmamos, Johnny me pasó los nudillos por la mejilla. Sus ojos oscuros se encontraron con los míos y me miraron fijamente.

—Te quiero, Emma. Sé que aún me queda mucho por conocer de ti y sobre cómo hacerte feliz, pero me lo apunto todo. Soy tu hombre, en las buenas y en las malas, para toda la vida.

36

JOHNNY

Cuando un cambiaformas moría en forma de lobo, no volvía a convertirse en humano. Eso hacía que demostrar la muerte de Chapman al mundo humano fuera un verdadero problema, pero ese no era nuestro problema. El Consejo de Cambiaformas se ocuparía de las consecuencias de la captura fallida. Intentó matar a un humano y, algo que es más importante para el Consejo, es que era la hermana de mi compañera marcada. Nada más eso justificaba una sentencia de muerte.

Knox, Travis y yo llevamos el cuerpo lobuno de Chapman a un campo lejano para que los buitres se encargaran de él. El Consejo envió enseguida a alguien a reparar los cristales rotos de la propiedad. En cuanto

Lyssa y Emma hicieron las maletas y salieron de la casa, partimos hacia el Rancho Wolf los cinco.

Emma y Lyssa no estaban dispuestas a separarse, y Knox y Travis no iban a perder de vista a su compañera, así que los invité al rancho. Cuando llegamos al barracón, donde el trío se alojaría durante su visita, nos tomamos unas cervezas y comimos barbacoa que habíamos comprado de camino a casa.

Me senté y me informé sobre mi compañera y su hermana mientras Knox y Travis las interrogaban durante la cena, hambrientos de saber hasta el último detalle. Al parecer, Lyssa ya sabía que éramos lobos —Emma se lo había dicho justo antes de que llegáramos— y parecía abierta a la idea de pertenecerle a dos hombres. No sabía si era porque le gustaba hacer cosas salvajes e impulsivas, como estar con dos hombres a la vez, y no sabía tampoco si lo comprendía del todo todavía. Sus compañeros estarían ahí para ella mientras lo averiguaba y sentaba cabeza. Se dejaría del vagabundeo.

Esperaba que le gustaran los inviernos en Wyoming.

Hablaron de su infancia en Pittsburgh, de sus padres, que todavía vivían allá, y de las travesuras que hacían intercambiándose en el colegio cuando eran pequeñas.

—Lyssa es la otra, así que tiene sentido que tenga dos compañeros —agregó Emma con una risita.

—¿Tú eres la otra, nena? —Knox tenía a Lyssa en su regazo, con las piernas extendidas en el regazo de Travis, así que estaba tocándolos a los dos.

Lyssa asintió y luego sonrió, sin avergonzarse de admitir:

—Soy muy manejable.

—Te vamos a atender bien, ángel —prometió Travis, jugueteando con uno de sus largos mechones de pelo negro—. Nunca serás demasiado para nosotros.

Atraje la atención de Emma.

—Y tú siempre serás suficiente para mí —le dije y vi cómo un bonito rubor se esparcía por sus mejillas.

—Por las gemelas más bellas e inteligentes que han pisado esta tierra. —Knox levantó su botella de cerveza.

—Toma. —Levanté la mía, y todos chocamos las botellas y bebimos—. Y ahora estoy desesperado por pasar un rato a solas con mi pareja, y estoy seguro de que vosotros también. —Me levanté, saqué a Emma del sofá y la abracé.

Ella jadeó y luego se echó a reír.

—El último en hacer venir a su pareja es un huevo podrido. —Salí corriendo hacia el dormitorio mientras la sala estallaba en carcajadas.

—¡Reto aceptado! —gritó Travis más atrás.

Llevé a Emma a nuestro dormitorio y cerré la puerta de una patada. La puse de pie, manteniendo nuestros cuerpos conectados todo el tiempo. Oí las voces de Knox y Travis y luego la risita de Lyssa. Luego, una puerta se cerró de golpe.

—Por fin estamos a solas —murmuré.

Me miró con aquellos ojos marrones cálidos y los labios entreabiertos. Ya olía su excitación.

—Parece que fue hace una eternidad cuando estuviste en mi cama. —El dolor de su salida esta mañana regresó pero con un dolor más sordo. Habían pasado tantas cosas desde entonces. Quería borrarlo todo, volver a Emma y a mí. Estar juntos.

Sin hermana gemela sorpresa.

Sin cambiaformas fraudulentos.

Sin secretos.

—A mí también me lo pareció —susurró.

Le acaricié la cara.

—No vuelvas a dejarme —le supliqué, acariciándole la suave piel con los pulgares—. Quédate y habla conmigo. Siempre podemos arreglar las cosas.

Asintió y me desabrochó la camisa. Tenía tantas ganas de que estuviéramos desnudos como yo.

—Me asusté. Ahora lo entiendo. Estoy segura de ti.

Le pasé la mano por la espalda y le apreté el culo.

—Yo también estoy seguro de ti.

Se rió.

—Parece que no tienes elección, pues me has mordido.

Sonreí.

—Bueno, eso es cierto, pero hay mucho más. Está mi biología, mi lado lobo, que me impulsa a mantenerte cerca, protegida y abastecida. —Enarqué las cejas y puse un pequeño gruñido en mi voz—. Es un placer.

Frotó el cuerpo contra el mío y sonrió.

—Mmm. Me gusta como suena eso.

—Pero también está el lado humano. Esa parte de mí se enamora más y más de ti cada minuto. No lo he dicho antes, cariño. Te quiero. Te amo. Sí, eres mi compañera, pero mi corazón es tuyo.

Los ojos se le llenaron de lágrimas.

—Yo también te amo —susurró. Me abrió la camisa y deslizó las manos por mi pecho desnudo.

Mi verga, ya semidura, se engrosó dolorosamente contra mi cremallera.

Esta vez quería ir despacio con ella. Ya no tenía la luna llena y la necesidad de marcarla volviéndome loco. Parecía que una pequeña muesca de mi diente había bastado para incrustar mi olor en su piel y satisfacer mi necesidad, lo que francamente era un alivio. Marcar a un humano podía ser peligroso y, obviamente, era doloroso para ellos, ya que no se curaban al instante como nosotros.

Esta vez, podía saborear el tocar a Emma, conocer cada centímetro de su cuerpo, cada gemido, cada jadeo. Le saqué la camiseta por la cabeza y la tiré al suelo.

Se afanó en desabrocharme los jeans.

Le desabroché el sujetador y gemí cuando sus grandes pechos fueron libres. Antes de que pudiera bajar la cabeza para adorarlos, Emma se arrodilló, sacándome los jeans y boxers.

Verla delante de mí, mirándome con esas pestañas, era lo más caliente que había visto en mi vida.

—Mierda.

Me sonrió mientras me agarraba la erección.

Me quité los jeans y los interiores de los tobillos de una patada para apartarlos de su camino, y ella extendió la lengua y acercó la cabeza a mi verga.

Una gota de su humedad y las pelotas se me tensaron. Gemí y acaricié su sedoso pelo con los dedos.

No movió la lengua y frotó la cabeza de mi pene. La sensación alternante de la lengua caliente y el aire frío me volvía loco, sobre todo cuando, después de tanto jugueteo, se metió toda la verga en la boca y dejó que se llegara hasta el fondo.

—Diablos —susurré.

Me estaba muriendo.

Qué rico, coño.

Apreté la mano que tenía en su pelo y la usé para guiarla hacia delante y hacia atrás, lenta y profundamente. Me masajeó los huevos y luego se los chupó, lo que casi me hizo estallar de placer.

—Diablos, cielo. Qué rico. Me estás matando, Emma.

Decir su verdadero nombre era el sonido más dulce.

Me sonrió.

—Esa es la intención. —Continuó con su deliciosa tortura hasta que estuve a punto de venirme en su garganta, y entonces la detuve.

—Mi turno, cielo. —La halé, levanté por la cintura y la arrojé al centro de la cama.

—Presumido. Ya sé por qué eres tan fuerte. No es solo por cargar pacas de heno en un rancho.

—¿Te gusta? —Me abalancé sobre ella, arrancándole los pantalones de yoga y las bragas.

—Me encanta.

Me agaché encima de ella y me tomé un momento para contemplar a mi compañera desnuda. Era exquisita, toda piel suave curvilínea. Hermosamente abierta para mí.

Me sostuvo la mirada mientras la punta de su dedo se deslizaba entre sus piernas.

—¿Es ahí donde me quieres, cielo?

Ella asintió.

Le subí las rodillas hasta los hombros, abriendo esa vagina hacia mi boca. Luego le agarré las muñecas y llevé las manos a sus pechos.

—Tócate los pezones mientras te lamo esa linda concha.

—Sí, señor —dijo en voz baja, y me puse manos a la obra.

37

EMMA

Nunca había confiado en nadie más de lo que confiaba en Johnny. Ni siquiera en Lyssa. Me sentía tan segura, tan abrazada, tan mimada ahora mismo, tan excitada.

Su lengua lamía cada gota que sabía que chorreaba. Luego me acarició el clítoris y me metió los dedos. Temprano estábamos frenéticos de necesidad. Esta vez fue igual de carnal, pero diferente. Más dulce. Más caliente.

Nuestros pensamientos no estaban nublados por la lujuria.

Qué excitante que era esto, por Dios, pero era amor...

—J —susurré, agarrándolo del pelo y acercándolo a mí. Cuando enroscó un dedo, me corrí duro entre jadeos.

—Así, cielo —dijo cuando subió por mi cuerpo hasta llegar a mi boca. Nuestras lenguas se enredaron y saboreé mi deseo picante.

—Por favor —le supliqué, moviendo las caderas. La cabeza de su verga estaba justo ahí, y lo quería dentro de mí.

—Mi niña glotona —dijo, y luego empujó profundo, llenándome por completo de un golpe largo y constante.

—Sííí.

Se quedó dentro y profundo, cernido sobre mí.

—Mírame, Emma.

Abrí los ojos y miré sus ojos oscuros.

—Ahora es cuando te habría marcado. Te habría mordido el cuello y hecho mía. Eras mía desde que abriste esa puerta en Falling Waters, pero la mordida lo haría permanente.

—Sííí, así.

Bajó la cabeza y lamió el lugar.

—Eres mía. Siempre lo has sido. Solo teníamos que encontrarnos.

Se me llenaron los ojos de lágrimas con esas románticas palabras. Asentí con la cabeza.

Entonces ya no fue tan romántico. Su necesidad por mí era demasiado grande. Lo comprendí porque me sentía desesperada por él. Con las rodillas abiertas, me folló duro, fuerte y tendido. Más duro cada vez.

Un cabecero chocó contra una pared y nos dimos cuenta de que no era el nuestro.

Lyssa estaba con sus amigos. Esperaba que ella tuviera la misma conexión que yo compartía con Johnny, porque era la felicidad más increíble el sentirse completo.

Cuando metió los dedos entre nosotros, su pulgar encontrando mi clítoris, me hizo venirme entre gemidos.

Eso hizo que ganáramos la apuesta de qué gemela podría ser complacida primero.

No importaba. Sabía que, como le pertenecía a Johnny, siempre sería lo primero para él.

JOHNNY

EL SOL EMPEZABA A OCULTARSE tras la montaña y la brisa del atardecer se enfriaba por momentos. Emma y yo caminábamos de la mano hacia la hoguera anual de otoño de la manada. Los adolescentes de la manada habían recogido leña suficiente para mantener la hoguera encendida hasta bien entrada la noche. Se divertirían hasta casi el amanecer. Yo había estado en sus lugares hacía unos años, bebiendo con mis amigos cambiaformas, haciendo tonterías.

Ahora yo sería uno de los primeros en irse a la cama. No porque estuviera viejo y cansado, sino porque tenía a mi pareja marcada exactamente donde la quería y pasar el rato en una hoguera no era eso.

Pero necesitaba darle un descanso a mi compañera. Cuando volvimos al Rancho Wolf, la tuve en mi cama los dos días que no pudimos pasar la primera vez. Emma —sí, EMMA— y yo hablamos y follamos y comimos la comida que alguien de la casa principal nos trajo e hicimos el amor y... Hicimos todas las cosas que se supone que deben hacer los compañeros recién unidos.

No tuvimos que ir muy lejos. Fue detrás del granero por el arroyo, la misma zona donde hicimos nuestro picnic. Eché un vistazo rápido y noté que la mayor parte de la manada ya estaba aquí. Abundaba comida, había música resonando por unas bocinas y todo el mundo estaba de buen humor.

Emma me apretó los dedos. Me detuve y me giré para mirarla.

—¿Estás bien?

Su bonita cara estaba llena de preocupación.

—¿Van a estar enfadados conmigo?

Miré por encima del hombro a su hermana, flanqueada por sus compañeros de la manada Dos Marcas.

—Creo que se van a sorprender mucho, y estoy deseando verles las caras. Vamos.

No estaba tan segura de que mi manada la aceptara después de que los engañara a todos haciéndoles creer que era otra persona. Yo entendía, sobre todo ahora que conocía a Lyssa. Definitivamente necesitaba dos compañeros que pudieran con ella.

Encontré sin problemas a Rob y a Willow y me dirigí a ellos primero.

—Hola —dije, envolviéndole los hombros a Emma con el brazo.

Rob nos miró con una expresión indescifrable. Willow, sin embargo, sonreía de oreja a oreja. Le había puesto al corriente de lo ocurrido en el rancho de Chapman justo después de que sucediera. Bueno, justo después de hacer el amor con Emma por primera vez. Pero era la primera vez que estábamos cara a cara desde nuestro regreso.

—Alfa, me gustaría... —empecé a decir, pero Emma me interrumpió.

—Me gustaría presentarme de nuevo. —Respiró hondo y levantó la barbilla. —Siento haberles mentido a los dos. Soy Emma Lane. Mi hermana, Lyssa, está por allá.

—¡Aquí estoy! —dijo Lyssa con su voz alegre y optimista.

Se acercó y se puso al lado de Emma.

Aunque sin duda eran hermanas idénticas, se me hacía fácil distinguirlas. Lo obvio era el bronceado de Lyssa por su estancia en Ibiza, pero también su personalidad. Era más atrevida. También había diferencias físicas más sutiles, como que Emma tenía los labios un poco más regordetes. Nunca podría confundirlas.

Mi marca lo aseguraba. Emma tenía mi aroma incrustado en ella.

—Las dos han causado un gran revuelo —comentó Rob.

Lyssa agitó la mano en el aire.

—Guardar el secreto de los cambiaformas con los humanos implica guardar secretos constantemente. Creo que tienes el hocico torcido porque, por una vez, alguien te ha colado uno.

—Lyssa —gruñó una voz grave desde detrás de nosotros. Knox le rodeó la cintura con un brazo y la acercó a él—. No se le falta el respeto a un alfa —le murmuró al oído.

—No es faltarle el respeto, es honestidad —respondió.

Su otro compañero, Travis, se les acercó. Aunque aún no la habían marcado, lo harían. Probablemente esta noche, por cómo estaban los tres.

Miré a Rob, temiendo que se enfadara o le arrancara la cabeza o lo que fuera que hicieran los alfas en momentos así. La comisura de su boca se inclinó hacia arriba, lo que me hizo relajarme.

—Compañera, dinos honestamente, ¿cómo se siente ese tapón en el culo? —le susurró Knox cerca del oído. Con mi audición de cambiaformas, no pude evitar escuchar la pregunta. —Se sentirá diferente con el culo rojo por haber por los azotes para frenar ese descaro.

Por una vez, Lyssa se sonrojó, pero tuve la sensación de que le encantó la reprimenda.

—Lo siento, Alfa —dijo alegremente—. Gracias por invitarnos a la hoguera de tu manada.

Por debajo de las pestañas, miró a Knox, buscando algo.

Le sonrió.

—Muy bien —murmuró, acariciándole el pelo con la mano.

Le apreté la cadera a Emma.

39

EMMA

Sonreí y me incliné hacia Johnny.

Me quedé atónito y asombrado a partes iguales de que esos dos tipos hubieran domado a mi hermana. No su fuego, pero parecía que por una vez, la querían por ella. No por su sexo. No por su cara bonita. Ella no necesitaba actuar salvaje para llamar la atención o cepillarse algo serio.

Esos hombres, los cambiaformas, querían a Lyssa tal y como era. No tenía que demostrarles nada, igual que yo no tenía que demostrarle nada a Johnny.

No le importaba que yo fuera la tranquila. El manso.

—No le dije a Rob que estaba con el FBI —dijo Willow—. Yo fingí ser Natalie. —Giró la cabeza y miró a

Rob—. No me dijo que era un cambiaformas. Todos los hermanos Lobo tenían que mentir y ocultar secretos a sus compañeras. Solo tiene el hocico torcido. —Le guiñó un ojo a su compañera tras usar las palabras de Lyssa—. Que lo de tener una gemela no lo ha pillado nadie.

Rob se pasó una mano por la nuca. ¿Era un picor o un signo de incomodidad? No creía enterarme nunca.

—Nuestra compañera se irá mañana con nosotros a nuestra manada en Wyoming —dijo Travis, interrumpiendo mis pensamientos.

Rob negó con la cabeza.

—Sois bienvenidos aquí todo el tiempo que queráis. —Nos miró a Lyssa y a mí—. Las diferencias entre vosotros dos están claras ahora.

No estaba seguro de si era un cumplido o no.

—¡Dios mío! Me encanta que seas gemela —exclamó Marina, acercándose y abrazándome. Olía a vainilla. No estaba segura de si sabía a quién estaba abrazando, a mí o a Lyssa, pero el hecho de estar en brazos de Johnny probablemente lo hacía evidente.

Wes estaba con ella, cogiendo la mano de una niña. No sonreía como Marina. La niña nos miró con los ojos muy abiertos, quizá nunca había visto gemelos idénticos. Le hice un gesto con el dedo.

—Ella es mi hermana Lyssa —les dije a Marina y Wes, y los hombres se dieron la mano.

—Vamos —dijo Marina, agarrándole la mano a Lyssa

—. Colton y Boyd están a punto de encender la hoguera. Vamos a engañar a algunas personas.

Lyssa ni siquiera me miró a mí, sino hacia sus dos compañeros, muy altos y rudos. ¿Les estaba pidiendo permiso? Cuando asintieron, sonrió, y Marina la apartó de un tirón.

Knox y Travis se enzarzaron en una conversación con Wes sobre escarabajos de la madera del pino y alguna plaga de árboles.

—Estará bien —me susurró Johnny al oído.

—¿Son buenos para ella? —le susurré—. Nunca la he visto ser deferente con un chico, mucho menos con dos.

—Solo le darán lo que necesite. —Me acarició el cuello con la nariz, poniéndome la piel de gallina—. Igual que yo te doy lo que necesitas. Dime, amigo, ¿qué es lo que necesitas esta noche? ¿Las esposas? Mmm —murmuró—. Tal vez te las abroche, para que quedes atrapado, con el culo en alto, las manos y las piernas inmovilizadas.

No podía imaginar lo que estaba diciendo, aparte de culo para arriba.

—Tal vez necesites tener mi pene metido en tu culo.

Me retorcí. Había usado el tapón el tiempo necesario para saber que me gustaba. Pero ¿que me metiera la verga ahí?

Me apreté ante la posibilidad.

Johnny se rió entre dientes.

—Cuidado, compañera. Ya puedo oler tu excitación.

Me incliné hacia él. Fuera cual fuera la aventura que planeaba para mí, sabía que sería increíble.

Aún más increíble era que fuéramos algo para siempre. Como una pareja casada, solo que más permanente. Sin posibilidad de divorcio.

—Deberíamos conseguirte un anillo —solté, volviendo a mi pregunta de cómo había conseguido marcarlo. Si todos los cambiaformas podían olfatearlo en mí, yo también quería que hubiera algo que les dijera a todas las hembras que yo estaba con él.

Johnny sonrió.

—¿Te me estás declarando, Emma?

Le devolví la sonrisa.

—Sí, supongo que sí quiero que lleves mi anillo para que las otras mujeres sepan que estás casado.

—Sería un puto honor, cielo. —Se llevó los dedos a los labios y silbó tan fuerte que me tapé los oídos con las manos—. ¡Hola a todos! ¡Tenemos un anuncio! ¡Emma acaba de declararse!

Algunos de los cambiaformas más jóvenes parecían confundidos, suponía que porque el matrimonio no formaba parte de su cultura, pero el resto del público reía y vitoreaba.

Levantó el dorso de su mano derecha en el aire.

—Le he dicho que me pusiera un anillo.

—Es la otra mano, Beyoncé. —Colton le dio un manotazo en la espalda, y Johnny bajó la mano y me rodeó con los brazos, luego me balanceó en círculo, de modo que mis piernas salieron volando detrás de mí.

Me reí, algo mareada, cuando me bajó.

—Sí, acepto —dijo Johnny, bajando sus labios para reclamar los míos.

—Yo también.

Estaba locamente enamorada. Lista para pasar el resto de mi vida con el vaquero delicioso que acababa de conocer hace una semana.

Resultó que sí creía en el destino.

CONTENIDO EXTRA

¿Adivina qué? Tengo contenido extra para ti.

Como siempre... ¡gracias por amar mis libros y las montadas salvajes!

http://vanessavaleauthor.com/v/2jc

¡RECIBE UN LIBRO GRATIS!

Únete a mi lista de correo electrónico para ser el primero en saber de las nuevas publicaciones, libros gratis, precios especiales y otros premios de la autora.

http://vanessavaleauthor.com/v/ed

SUSCRÍBETE - RENEE ROSE

Suscríbete a mi newsletter para recibir contenido especialmente bonificado y noticias de nuevos lanzamientos en Español.

https://www.subscribepage.com/reneerose_es

OTROS LIBROS DE RENEE ROSE

Rancho Wolf

Áspero

Salvaje

Feroz

Rudo

Indomable

Implacable

Instintivo

Vigoroso

Dos Marcas

Rebelde - GRATIS

Tentada

Deseada

Seducida

Alfa de Montaña

Héroe

Rebelde

Guerrero

Alfas peligrosos

La tentación del alfa

El peligro del alfa

El premio del alfa

El reto del alfa

La obsesión del alfa

El deseo del alfa

La guerra del alfa

La misión del alfa

El tormento del alfa

El secreto de alfa

La presa del alfa

La sangre del alfa

El sol del alfa

La luna del alfa

El juramento del alfa

La venganza del alfa

El fuego del alfa

El rescate del alfa

Hombres lobo de Wall Street

Un Gran Jefe Malvado: Medianoche

Un Gran Jefe Malvado: Lunático

Un Gran Jefe Malvado: Marcada

TODOS LOS LIBROS DE VANESSA VALE EN ESPAÑOL

https://vanessavaleauthor.com/book-categories/espanol/

ACERCA DE LA AUTORA - RENEE ROSE

RENÉE ROSE, LA AUTORA BESTSELLER EN USA TODAY, ama los héroes dominantes, ¡los machos alfa que saben hablar sucio! Ha vendido más de un millón de copias de tórridas novelas románticas con diferentes niveles de sexo no convencional. Sus libros han sido presentados en el Happily Ever After de USA Today y en Popsugar. Nombrada en el Eroticon de los Estados Unidos como la Próxima Autora Erótica Top en 2013, ha ganado también como Autora Preferida en Ciencia Ficción y Antología Valiente y Atrevida y con la mejor novela romántica histórica en The Romance Reviews. Figuró cinco veces en la lista de USA Today con varias antologías.

Suscríbete a mi newsletter para recibir contenido especialmente bonificado y noticias de nuevos lanzamientos en Español.

https://www.subscribepage.com/reneerose_es

ACERCA DE LA AUTORA - VANESSA VALE

La exitosa *bestseller* Vanessa Vale escribe romance seductor de chicos malos implacables que se enamoran con todo su corazón. Ha vendido más de un millón de ejemplares. Vive en el oeste de los Estados Unidos y allí siempre se inspira para escribir su próxima novela. No será tan buena con las redes sociales como sus hijos, pero le encanta interactuar con los lectores.

https://vanessavaleauthor.com

facebook.com/vanessavaleauthor
instagram.com/vanessa_vale_author
bookbub.com/profile/vanessa-vale
tiktok.com/@vanessavaleauthor